ハイスクールD×D
ご先祖さまはトリックスター!?
DX.7

鳥と猫の
タッグバトル
塔城小猫
こねこ

ハイスクールD×D DX.7

ご先祖さまはトリックスター !?

石踏一榮

ファンタジア文庫

3175

口絵・本文イラスト　みやま零

目次

——て、適当すぎる！　なんだ、この自由な初代さまは⁉

Life.1 OPPAI・FAMILY

ある日の出来事だ。

冥界のグレモリー本家――つまり、リアスの実家から『グレモリー眷属《けんぞく》に連なる者は全員集合せよ』という現当主代行の奥方さまから命令が出た。

現当主代行の奥方さま――リアスのお母さんからの命令だ。

グレモリー本家から命令が出るって、そうないことだ。割とリアスの実家には、何度もプライベートでお邪魔させてもらっているけれど、命令を受けての有事での帰還となる。

しかも、『グレモリー眷属に連なる者は全員集合せよ』とのことだから、リアスの眷属はもちろん、俺こと兵藤一誠《ひょうどういっせい》眷属もそこに含まれるため、大本の命令とあっては絶対に行かなければならない。

リアスから数えて孫世代となる（上級悪魔となり、「悪魔の駒《イーヴィル・ピース》」を手にした）ゼノヴィアとその眷属は、結成して日も浅いゆえに特殊な事情も抱えているため、『王《キング》』のゼノヴィアだけでいいことになった。新人のベンニーアとルガールさんも今回は未参加となった。

眷属以外だと、転生天使たるイリナがついて行きたいと言っているのだが……多分、問題はないと思う。

該当メンバー全員でグレモリー城に転移型魔方陣でジャンプする。

転移した先で待っていたグレモリー城の執事さんに案内されたのは、見知った非常に広いリビングルームだ。

そこで待っていたのは——亜麻色の髪とリアスにそっくりな顔をした若い女性、リアスのお母さんであるヴェネラナさんだった。

そして、その傍《かたわ》らには銀髪の美女——グレイフィアさん。リアスのお兄さんである魔王サーゼクス・ルシファーさまの奥さん。

……グレイフィアさん、いつもはメイド服を着ているのに今日は正装だ。ということは、今日はメイドモードではなく、リアスのお義姉《ねえ》さんモードってことか。

「早かったわね、リアス。それに皆さん」

ヴェネラナさんが笑顔で俺たちを迎え入れてくれた。

「お母さま、今回の招集の命はいったい何が——」

リアスがヴェネラナさんにそう訊《き》こうとしたときだった。

リビングのソファ——俺たちから死角の位置に座っていた人影が立ち上がる。こちらに体を向けて、その姿をあらわにする。

そこには――グレモリーの象徴たる紅色の髪をした若い女性が立っていた。

紅髪を後ろで束ね、ポニーテールにしている。顔は……リアスにちょっと似ているけど、目尻の位置が下がり気味――垂れ目であり、柔和な表情だった。

ここのご家族以外のグレモリーだ！　こ、これは貴重な対面だな！

このポニーテールの女性、年は二十歳前後か。ま、まあ、悪魔は見た目を好きにできるから、姿形なんて実際の年齢の参考にはならないけど……。

胸元！　お、おっぱいも大きい！　ドレス越しでもわかるほど主張している！

グレモリー一族の女性は巨乳なのか！　ヴェネラナさん（バアル家出身）経由でリアスのおっぱいは豊かだと思っていたが、元々からグレモリーの女性は巨乳なんだろう！

――と、俺が感動を覚えているなか、横のリアスはというと……非常に驚いた表情となりながらも。

「お――――」

ポニーテールの女性に抱きついた！

「お祖母《ばあ》さま！」

「あらー、リアス。大きくなったわね」

そう言いながら、リアスと抱擁をかわすポニーテールの女性。

……………………お、お、おおおおおおおおお、お祖母さまァァァァァッ⁉

こ、こ、この若い女性が、リアスのお祖母さんっ⁉

驚愕の事実にぶったまげるしかない俺。周囲の仲間たちもさすがにビックリ仰天していた。

リアスと付き合いの長い朱乃《あけの》さんも驚いているのだから、朱乃さんもリアスのお祖母さんとお会いするのは初めてなのかな？

「お写真で見たことはあったけれど……」

朱乃さん、写真でお祖母さんを確認したことはあったのか。

抱擁を解いても、お祖母さんはリアスの頭を愛《いと》しそうになでる。まるで小さい子供をあやすように――。

リアスがこそばゆそうに言う。

「お祖母さまったら。私、もう十分に育ちましたわ」

「うふふ、そうね。立派なレディになったわ」

リアスのお祖母さんが、俺たち眷属、関係者のほうに顔を向け、あらためてあいさつをくださる。

「ごきげんよう、皆さん。初めまして。私、リアスの祖母であり、先代のグレモリー当主
——キシス・グレモリーです。以後、お見知りおきを。うふふ」

キシス・グレモリーさま！　先代のグレモリー当主さま！　いやー、グレモリーの女性は本当に（大きなおっぱいの）美女美少女ばかりで最高です！

リアスが祖母のキシスさまに訊く。

「お祖母さま、この城にお越しになるなんて……何かあった、ということなのでしょうか？」

今回の呼びだしが本家の命令であることから、リアスがそう祖母に訊いたのだろう。お祖母さんがこの城に来られることは、それほど珍しいことのようだ。

俺の隣にいる朱乃さんがそれとなく耳打ちしてくる。

（むかし聞いた話だけれど、キシス・グレモリーさまは当主の座を降りられたあと、基本的にグレモリー本家に関わらないスタンスを取られているそうなの。だから、公式のパーティーや催しにも滅多に顔を出されないとのことですわ）

そ、そうなんだ。当主の時代が大変だったから、完全に隠居されたということなのかな。

それだから、俺たちも今回初めてお会いするほど、対面する機会がなかった——と。

キシスさまが微笑《ほほえ》まれる。

「うふふ。私も命令を受けて、ここに来たの。けれど、そろそろ、孫やひ孫、それにリアスの眷属の皆さんにお会いして、お小遣いでもあげようかなと思っていたところなのよ。ちょうど、良かったわ。息子のジオティクスにも会えるし」

キシスさまご自身も命令を受けた……？　――となると、キシスさまよりも上の存在が今回の招集を命じられた……？

キシスさまが孫のリアス、ひ孫のミリキャス、そして俺たちに視線をやりながら、優雅におっしゃる。

「リアス、ミリキャス、リアスの眷属の皆さん、お小遣いは何がいいかしら？　新しいお城？　それとも金塊や宝石の類のほうが堅実かしらね？」

実に超大金持ち的な発言をされる！　この感じ、リアスのご両親とのやり取りでもあったぞ！　貴族にとって城って、そんなに気軽にプレゼントされるものなのか!?

「お義母《かあ》さま、近頃ではそのようなプレゼントは先方を悩ませるものとなっていますのよ」

――と、ヴェネラナさんが一言告げる。

俺たちもまた困惑していたところだったので、素晴らしい助け船でございました！

「まあ、そうなの？　ごめんなさいね。人間界や最近の冥界の世情には少々疎《うと》いもので微笑みながら、そう口にするキシスさま。

ふいに気になったのでミリキャスに訊く。

「ミリキャスは、えーと……キシスさまは『ひいお祖母さま』にあたるのか。こちらのひいお祖母さまにお会いしたことがあるのかな?」

「はい。一度、ひいお祖母さまのお城にごあいさつに行きました」

そう答えるミリキャス。あ、そうなのね。物心ついてから、あいさつに伺っているのか。

ふとキシスさまの視線が──俺に留まる。

「あなたのことは知っているわ。『おっぱいドラゴン』ちゃんね? それに、リアスの将来のお婿さん」

──っ! さ、さすがにご存じだったか! リアスとのことは冥界では周知のことだし、『乳龍帝おっぱいドラゴン』も悪魔世界をはじめ、色んな超常の界隈《かいわい》でブームになっているしな……。

俺は直立不動の姿勢となった!

「は、はい! 初めまして、前当主さま! リアス……さまの眷属で、現在は上級……じゃなくて、特級悪魔をさせて頂いております! 兵藤一誠です! あ、あと! リアス……さまとは婚約をさせて頂きました！　よ、よろしくお願い致します！」

深々とお辞儀をする俺！　当然だ！　リアスのお祖母さんだぞ！　これから付き合いが生じるであろうご家族だ！　ここはきっちりとあいさつをしなきゃね！　ま、まあ、最近自分の立ち位置がどんどん変化しているせいか、急なあいさつだと、このように言い直しながらのものになってしまうけど……。

キシスさまがおっしゃる。

「実は以前におっぱいドラゴンちゃんとお会いする機会がありそうだったのよね。ほら、リアスがフェニックス家の方との婚約発表パーティーを開いたときがあったでしょう？　あれに私も参加予定だったのだけれど、行く時間を遅らせてしまったら、到着したときにはリアスとおっぱいドラゴンちゃんが駆け落ちしたあとだったの」

あー、俺がライザーと一戦かましたときの！　か、駆け落ちか……。ま、まあ、いま考えると勝ったあとにリアスと会場を抜け出したってのは駆け落ちみたいなもんかな。

うふふと微笑みながら、キシスさまが続ける。

「リアスを賭けた大一番。生で見たかったわぁ」

「いやー、ハハハ……恐縮です。お恥ずかしい限りです」

俺は顔を赤らめて苦笑いした。隣でリアスも顔を真っ赤にしている。それにフェニックス家の当事者の一人でもあったレイヴェルも恥ずかしそうに赤面していた。

あのときは無知ゆえに夢中で主《あるじ》であるリアスを力尽《ちからず》くで奪還したからね。貴族社会なんてクソくらえの精神で体を動かしたからさ……。

恥ずかしい面はあるけど、後悔はしていない。だって、その結果でいまがあるのだから――。

リアスが祖母にあらたまって言う。

「今度イッセーと共にお祖母さまとお祖父《じい》さまの住まわれているお城にごあいさつに行きますわ」

「そうね。それは楽しみだわ」

笑みを見せるキシスさま。

俺も「ぜひ、お伺いします！」と元気よくリアスに続いた。

リアスが俺の近くに来て、小声でささやく。

(……ごめんなさい。告げていなかったわね。お祖母さまたちへのごあいさつのこと)

(いやいや、俺も言われて初めて気づいたし……。そういえばそうだよなって)

俺はそう返すが、リアスは苦笑していた。

(違うの。当主になる者の婚約を報告をするのはお祖母さまとお祖父さまだけじゃないのよ？　ひいお祖母さまにもごあいさつに行くの。さらにその上の世代でご存命のご先祖さま方にも順番に報告をしに行かないといけないわ。……上級悪魔の当主の婚約あるあるね。通称『ご先祖巡り』とも言われているの。長命だから、悪魔って）

――っ。…………言葉もなかったぜ！　そうなのか！　いや、そうだよな。悪魔は長命だから、そりゃ上の世代も生存されていて当たり前だし、貴族の当主が婚約するってなるとあいさつ回りの数もそれだけ増えるってことなのね！

リアスが周囲に目を配っていた。誰かを捜しているようだ。

「お父さまは？」

確かにグレモリーの現当主たるリアスのお父さんが見当たらない。

ヴェネラナさんが答える。

「あのヒトは、ちょうど他の上級悪魔の領地に出張しているのよ。だから、今回の招集は私が代理で出したの。すでにあのヒトにも今回のことは報告しているから、あちらの仕事が終わりしだい、すぐに帰ってくると思うわ」

そういう事情があったのか。だから、今回の招集の命令を現当主代行として、リアスのお母さんが出したのね。

これにキシスさまが反応して、息を吐《つ》いた。

「……早く帰ってこないかしら」

あら、帰りの遅い現当主に対して、前当主さまが呆《あき》れ気味なのかな？

グレイフィアさんが皆《みんな》に言う。

「一応、いま集まれる者たちが集まりましたので、移動しましょう」

俺たちは招集の本当の意味を知らされないまま、城の中を移動することになる──。


俺たちが案内されたのは、現当主──つまり、リアスのお父さんが普段使っている執務室だった。

当然、まだリアスのお父さんは出張から帰ってきていないので、執務室に主はいないはずなのだが……。

中に通される俺たち。広い執務室。当主用の大きなデスクと椅子。来客用のソファとテーブルも高貴な質感と形をしている。

書類を収めてある本棚が複数あった。本棚以外にも、グレモリー家が代々得てきた多くの褒賞《ほうしょう》の楯《たて》が飾られた大きな棚もある。

壁には悪魔世界の古代の時代から伝わってそうな不思議な文字や絵が刻まれたレリーフ

もいくつか飾られていた。

見れば、褒賞の楯が飾られている棚に家族で撮ったであろう写真の入った楯も置かれていた。幼い頃のかわいいリアスの写真もあった。

さて、この執務室に入ってから、ヒト……いや、悪魔らしき何者かの気配を感じてならないわけだが……。

歴戦の猛者揃《もさぞろ》いの俺たちなもんだから、全員の視線が——うしろを向いたままの当主用の椅子に集まる。

すると椅子がくるりと回り、座っている者の姿があらわになった。

「これ、すごいのね。こんな板みたいなものに本も絵もテーブルゲームも入っているのだから」

そう言いながら現れたのは、見知った学生服——駒王学園《くおうがくえん》高等部の制服を身につけた、紅髪のとびっきりの美少女だった！　しかもニーソックスを穿《は》いている！

目尻の上がった両眼、長い紅髪をツーサイドアップにして、頭の上には小さな王冠みたいなアクセサリーをつけた少女！　手にはタブレットPCがあった。タブレットを操作しながら、いまの言葉を述べたようだった。

歳《とし》は、俺と同い年か、下にも見える！　べ、紅髪っ！　グレモリーの関係者か⁉　やはりというか、安心安全といいますか、グレモリーに関係する女性らしく、おっぱいが大きかった！　ありがたい！　助かるぜ！

グレモリーのヒトらしいけど……リアスやキシスさまと似ているとまでは言えなくて、面影がちょっとあるかなーぐらいの顔つきだ。ま、まあ、超絶美少女には違いない！

ちょっと気の強そうな目つきが、やさしいリアスと真逆でそれはそれで……たまらないかも！

……ただ、この女の子、言い知れない雰囲気を放ち、不思議な懐《なつ》かしさを覚えるオーラを全身にまとっている。

キシスさまが少女の横につき、一礼してから俺たちに紹介してくれる。

「この方が、グレモリーの祖にして、原点――」

椅子で足を組み直しながら、優雅に自身の名を告げる少女。

「初代グレモリーことルネアス・グレモリーよ。よろしくね♪」

………………………………。

……………へ？　グレモリーの祖！　しょ、しょ、しょしょしょしょ、初代グレモリィィイイイイッ!?

突然のことに全員が仰天の様相だった！　と、当然だ！　いきなり現当主の執務室に同い年ぐらいの紅髪の少女が座っていて、タブレットをいじりながら、『初代グレモリー』だと告げてきたのだから！

次期当主であるリアスもビックリしすぎて、言葉を失っていた。

驚きつつも最初に声を発したのはゼノヴィアだった。

「このヒトが、伝承に記されている『グレモリー』そのものか」

ゼノヴィアが言うように人間界の書物で悪魔『グレモリー』に関する記述は、この方が原点ということになる。

いきなりの『初代』グレモリー――ルネアス・グレモリーさまの登場に驚く俺たちだったが、そのなかでももっとも度肝を抜かされた様子なのはリアスだった。

「リアス、なんだか、超ビックリしてない？」

俺が訊《き》くと、リアスは息を整えたのちに答える。

「……当然よ。私、始祖たる初代さまがご健在だって、知らされていなかったもの」

マジか。次期当主たるリアスでも初代さまの生死を知らされていなかったってか。

確かに俺、悪魔になってから色んな大物の悪魔や神さま、伝説の魔物にも会ってきたけど、初代の悪魔グレモリーが生存しているってのは、いまのいままで知らなかったし……。

初代さまことルネアス・グレモリーさまが苦笑する。

「そうね。私、冥界では一般的に生死不明の『初代』さまの一柱よね。まあ、存在を公表すると、どこぞの『初代』バアルみたいに色々と面倒事に巻き込まれそうだったから、生死を不明ってことにしたのよ。そういう始祖の悪魔って、多いと思うわよ。……三大勢力の戦争で滅んだ『初代』の悪魔もいたけれど、私はうまくやり過ごして生き残ったわ」

かわいくウインクして、そうおっしゃる初代さま。

気の強そうな顔つきだと思ったけど、コロコロと表情が変わって……かわいい初代さまだ！

椅子から立ち上がって、初代さまが話を続ける。

「私の場合は、精神が老いるのがいやだから、冬眠じみた永い眠りを取っているのよ。――で、定期的に起きる、と。今回はこのタイミングだったみたいなのよね。でも、悪魔特有の『眠りの病』ではないから、誤解しないで」

あ、そうなんだ。そういう理由が……。悪魔は永遠にも等しい生があるから、永く生きると、色々とあるようだし、それを回避するためにも自ら眠りにつくってことか。

それで今回ここに現れたのは、永い眠りから起きたタイミングだったから……ってことで、俺たちは呼ばれたのかな？

そんなことを考えている俺をよそにリアスが初代さまに訊く。

「ひ、ひとつ、お訊きしてもよろしいでしょうか?」

「ええ、よくってよ」

「その格好はいったい……?」

リアスは初代さまの格好――駒王学園高等部の制服が気になっていたようだ。俺たちも当然気になっていたので、うんうんと頷《うなず》く者も多かった。

初代さまはその場でくるりと回りながら、答える。

「ああ、これ? ジオティクスの娘……つまり、次期当主であるあなたが通っていた学《まな》び舎《や》の制服よね。見た目が気に入ったから着ているのよ。似合うかしら?」

短いスカートの裾をヒラヒラとさせながらそうおっしゃる初代さま。

ニーソックスと相まって、絶対の領域が素晴らしいです! リアスが高等部を卒業して以来の紅髪美少女の制服姿だから興奮するぜ!

次世代のグレモリーであるリアスを前にして、初代さまが首を傾《かし》げながらおっしゃる。

「えーと、ところで子孫のリアスちゃんの縄張りがある国って……江戸という国だったかしら?」

「初代さま、いまは日本と呼ばれていますわ。それに江戸は都市の名称ですよ」

初代さまの隣に位置したキシスさまがそう述べる。

初代さまは気にせず続ける。

「あ、そうなのね。あと、小耳に挟んだのだけれど、大陸の……確か、魏《ぎ》の国！　そこの曹操《そうそう》を打ち倒したそうね？　魏志倭人伝《ぎしわじんでん》という書物と関係していたような……」

すかさずヴェネラナさんが苦笑しながら答える。

「初代さま、リアスたちはその曹操の子孫と戦ったんですのよ。大分、アジアの歴史についての情報がお古いようですわ」

「人間界って、すぐに世代交代するのだもの。もう少し、その『たぶれっと』という板で現在のことを勉強しなくちゃね」

そう前向きにおっしゃる初代さま。

……永い生のせいか、人間界の時代がごちゃ混ぜになってる？

――と、初代さまは天使であるイリナに視線を送っていた。

「ただ、最近あった歴史的な出来事だけはそれなりに理解したわ」

――っ。……三大勢力の和平や色々起きた事件、戦役のことは知り得ているようだ。じゃないと、久しぶりに起きた悪魔が敵であるはずの天使を見たら身構えちゃうよな。

というやり取りがあったあとで、リアスが本題に入ろうと切り出す。

「それで、ここに私たちを集められた理由は……？」

初代さまの代わりにキシスさまが口を開く。

「そうね。次期当主であるリアスは知るべきだわ。初代さまが起きられた以上、子孫である私たちは古《いにしえ》の約定により――」

キシスさまがそう語ろうとしたときだった。

執務室の扉がふいに開く。そこから現れたのは――紅髪のダンディな男性、現当主であるリアスのお父さんだった。

「うーむ、ヴェネラナにここに行くよう言いつけられたのだが、いったい何が――」

言いながら入室してきたリアスのお父さんが、目に初代グレモリーさまとご自身の母親であるキシスさまを捉える。

「これはっ！　初代さま！　それに母上！」

その瞬間だった。息子であるジオティクスさまの姿を見るやいなやキシスさまの様子が急変し、甘々な声を出して、体をくねくねさせ始めた！

「あらー、ジオたんっ！」

息子であるジオティクスさまに抱きつくキシスさま。

キシスさまは息子を見上げながら、背伸びをして頭をなでていく。

「ジオたん。また大きくなったかしら？　うふふ、ジオたん、お髭《ひげ》がチャーミングだわ

～」

――ジオたん⁉　なんてこった！　キシスさまが完全に親バカモードになっているじゃないか！

これにはリアスのお父さんも顔を真っ赤にして、キシスさまを自分から離れさせる。

咳払《せきばら》いをしながら、リアスのお父さんが言う。

「は、母上……娘たちの前です。ご、ご自重ください」

「あらー、むかしみたいに『ママ上』って呼んでくれてもいいじゃない？」

息子大好きお母さんじゃないか、キシスさま！　ダンディなリアスのお父さんが、俺たちリアスの系譜眷属《けんぞく》には見せたこともないほど狼狽《ろうばい》している。しかも、むかしは「ママ上」って呼んでいたのか⁉

俺がそれとなくリアスのお母さんであるヴェネラナさんに訊く。

「…………あ、あの、前当主のキシスさまって」

苦笑しながらリアスのお母さんが答える。

「……ええ、いまだにジオティクスをあんな感じでかわいがってしまうのよ」

……ハハハ、お母さんにとってはいつまで経《た》っても息子は息子のままってことなのかな。

まあ、情愛の深いグレモリーだし、普通にあり得る話だ。リアスのお父さんも娘にめっちや甘いしさ。

リアスのお父さんが来られてからのやり取りも経て、ついに今回俺たちがグレモリー城に集合させられた理由が明らかになる。

前当主、現当主、次期当主にその系譜眷属を前にして、初代グレモリーさまことルネアスさまが堂々と述べられた。

「私が起きたら、その時代のグレモリー本家の者たちが、初代である私を楽しませるよう古の約定で定められているのよ」

『――っ!?』

これには俺やリアスをはじめとした若い世代はビックリ仰天！　そ、そんな約定があったのか！

キシスさまが初代さまの横について、追加の説明をしてくださる。

「つまり、当代の当主たるジオたんと、次代のリアスやミリキャスが今回それに当たります。要するにそのヒトたちで初代さまを楽しませてあげてほしいの」

リアスのお父さんは「そういえばそうだったな」とあごに手をやって頷き、受け入れていたが……次期当主であるリアスは戸惑いの声を出す。

「そ、そんな！　いきなり、ですか？」

ニッコリかわいく微笑《ほほえ》みながら、初代さまは首を縦に振る。

「そう、い・き・な・り♪　約束だもの。でもね、いきなりだからいいのよ」

衝撃を受けるリアスの横で、次世代の当主候補でもあるミリキャスは——。

「わかりました！　初代さまを楽しませてみせます！」

と、元気よく挙手して受け入れた。これを聞いて母親であるグレイフィアさんも「よく言いました。さすがサーゼクスの子です」と感心している。

自分よりも小さいミリキャスが受け入れたことにより、拒否しづらくなってしまったリアス。

次期当主としてのプライドもあるため、唾を飲み込んで強い瞳を見せた。

「……わかりましたわ。グレモリー家の次期当主として、初代さまに最高の宴《うたげ》をお見せ致します！」

孫と娘の意思を確認し、現当主たるリアスのお父さんが頷く。

「私も一肌脱ぎましょう。ルネアスさま、お目覚めの祝祭、楽しみにお待ち頂きたい」

子孫たちの言葉を聞き、初代グレモリーことルネアスさまは楽しげに微笑む。

「うふふ、存分に楽しませてもらうわ。ちゃんと、ご褒美《ほうび》をあげるから、楽しみにしていてね♪」

こうして、リアスのお父さん、リアス、ミリキャスの挑戦が始まる――。

……と、とんでもないことになったけど、俺や仲間たちはリアスを支えるつもりだ。

さてさて、どうなる？


―○●○―


「……うーむ、何をして初代さまを楽しませていいものやら……」

頭を悩ませているのはリアスのお父さんだった。腕を組み思案する。

初代さまがリアスのお祖母《ばあ》さん――キシスさまとお帰りになったあと、俺たちグレモリーの関係者は、城のリビングルームに集まり、宴への作戦会議となった。

リアスがお父さんに訊《き》く。

「以前にお目覚めになったとき、お父さまもこの取り決めに参加されたの？」

「……幼い頃だったはずだが、いかんせん時間が経ちすぎて、何をしたかうまく思い出せない。何せ、いまのミリキャスよりも小さい頃だ。……ただ、三つのお題があり、くじ引きでそのなかのひとつをやることになっている。……あのときもお目覚めが不意打ちだったのだけは覚えているよ」

そ、そうなのか。リアスのお父さんもミリキャスより小さい頃にお目覚めの宴に参加したのね。

リアスのお母さんことヴェネラナさんが頬に手をやりながら言う。

「起きられる周期はランダムとは聞いていたけれど……」

リアスのお父さんが続く。

「私が覚えている限り、初代さまがお目覚めになったのは、私が幼い頃と、悪魔の世界で起きた内戦のときだな」

「内戦って、前魔王政府軍と、反政府軍が戦った時代《とき》の？」

リアスの問いにリアスのお父さんが頷く。

「うむ。たいそう眠そうにされていたが、さすがに悪魔世界の命運がかかっている出来事だったので、終わるまでは起きて頂いた。あのときはグレモリー家のことに関しては、私たちにお任せくださった」

リアスのお父さんは微笑みを浮かべながら俺たちグレモリーに連なる者たちに視線をやった。

「いままで初代さまのご健在について、皆《みんな》に黙っていたことは申し訳なかった。ただ、初代さまはイタズラ好きではあるが怖い方ではない。子孫に対して情愛の深いお方だ。グレモリーの祖なのだから。……そうだな、一言で言い表すならば、小悪魔的な性格のご先祖さまといえる」

うん、リアスのお父さんが言うように危険な雰囲気は微塵《みじん》も感じなかった。オーラから懐《なつ》かしさを覚えるぐらいだったからな。いま思えば、あの妙な懐かしさは俺がグレモリー眷属だからだろうか？

「それでお父さま。その三つのお題とは？」

リアスがそう訊く。参加する以上、お題は気になるよね。

「『歌』、『ダンス』、『演劇』の三つだ。参加者はそのなかからひとつやることになる。……ふむ。言いながら朧気《おぼろげ》に幼い頃、初代さまの前で何かを歌った記憶が思いだされてきたぞ」

――『歌』、『ダンス』、『演劇』！

まさに宴で披露するに相応《ふさわ》しいお題だな。それを初代グレモリーさまの前で現当主陣のグレモリーの者たちが披露していく、と。

言うやいなやリアスのお父さんは立ち上がり、気合いを入れてリアスのお母さんに告げる。

「こうなった以上、初代さまを楽しませてこそのグレモリーに連なる子孫の誉れだ。先祖代々伝わる行事を私たちの代で疎《おろそ》かにするわけにはいかない。――私は早速、宴に向けて準備をしよう。ヴェネラナ、力を貸してくれ」

「はい、あなた」

これにグレイフィアさんも母親モードで続く。

「ミリキャス。グレモリーの名を穢《けが》さぬよう今から特訓をします。いいですね？」

「はい！」

厳しい母親の命令だが、ミリキャスも元気に答える。

俺たち眷属、仲間が見守るなか、リアスも力強く立ち上がり、朱乃《あけの》さんに言う。

「朱乃、『歌』と『ダンス』のレッスンがしたいわ。教えを請《こ》えるインストラクターの方を探してちょうだい。あと、『演技』についてもいつもお世話になっている『おっぱいドラゴン』のヒーローショーの演出家の方に連絡を」

「わかりましたわ」

リアスはすでに臨戦態勢だ！　こういうことに決まった以上は、最大のパフォーマンスで挑むのが彼女だ。

俺は眷属や仲間たちに言う。

「俺たちは陰ながらリアスを支えよう」

『うんうん』

これに皆も応じて頷《うなず》いた。

グレモリー現当主陣が練習に入っていく――。


数日後――。

初代さまに宴を見せる日となった。

初代グレモリーさまのための宴は、グレモリー城内にある、特別な祭事を執り行うときに使うセレモニーホールで開催されることとなった。

広々とした会場には、一段高い舞台が用意されており、必要な道具や機材が置かれていた。

ここに集っているメンバーは、グレモリー家からリアス、リアスのご両親、リアスのお祖母さんことキシスさま、グレイフィアさんとミリキャス。それに俺たちグレモリー系譜の眷属と特別ゲスト(?)のイリナだった。

全員集合し、今日の主役を待っていると――会場の中央で転移型の魔方陣が展開していく。グレモリーの紋様が入った魔方陣はいっそうまばゆい閃光《せんこう》を放ったあとで、ジャンプしてくる者を出現させる。

そこには――背中に四つのコブがあるラクダに乗り王冠をつけた初代グレモリー、ルネアス・グレモリーさまのお姿があった。

ラクダに乗っているというよりは、腰をかけていた。

やはり、前回同様に駒王学園《くおうがくえん》の制服を身につけている。

初代さまは「くるしゅうない。なんてね」と言いながらウインクをする。

ラクダから下りると、こう述べられる。

「グレモリーといえば、ラクダだものね。出現するときはラクダに乗って堂々とかわいくアピールするのが、グレモリー女子の鉄則なの。――と、初代グレモリーは今その鉄則を作ったわ」

――今、作ったのかよ⁉

ついつい心の中で突っ込んでしまったが……当のご本人はラクダを皆に紹介してくれる。

「こちらは絶滅危惧種でもある希少な冥界のラクダ――」

『初めまして、諸君。私はメイカイヨツコブラクダのガブンである』

突然、四つコブのラクダがしゃべり出したので、皆は一様に驚き――。

「しゃ、しゃべったぁぁぁぁッ⁉」

などと、叫ぶ者もいた。俺は叫んだぜ！　ラクダがしゃべるなんてさ！　しかも絶滅危惧種⁉　……グレモリー領でもおなじみである背に三つのコブを持つ『メイカイミツコブラクダ』なら知ってたけど……。

グレモリー次期当主なのにラクダが大の苦手なリアスは――、

「……ラクダがしゃべった……悪夢だわ……」

体がふらつくほど衝撃を受けたようだ。

かまわずに初代さまはしゃべったラクダの紹介を続ける。

「メイカイヨツコブラクダは、グレモリー領にいるメイカイミツコブラクダと違い、言葉を話せるのよ」

『以後、お見知りおきを』

あいさつされちゃったよ、ラクダに！

という紹介もありつつ、主役の初代グレモリーさまが集まったので、宴は始まる。

舞台が見られる位置に置いてある豪華なテーブルと椅子の主役席に案内された初代さまは優雅に座った。すぐにグレイフィアさんが豪勢な料理と高そうなワインをテーブルの上に運んだ。

それを確認すると、初代さまは手に小さな魔方陣を出現させる。そこから、くじ引き用のボックスをふたつ出した。

目を楽しげに爛々《らんらん》と輝かせながら、初代さまは宣言する。

「じゃあ、始めるわよ。用意はいいかしら？　早速、順番を決めるわね」

言うなり、初代さまはボックスに手を入れて、ガサゴソさせたあとで札を一枚ずつ取り出した。

そこで順番が決まる。最初は——リアスのお父さん。いきなり、現当主。次はミリキャス。なんと、リアスはトリであった。

順番が決まったところで本題だ。もうひとつのボックスは対象者が見せる芸のお題となる。

「じゃあ、ジオティクスは——」

実に楽しげに初代さまはボックスに手を入れて、くじを引く。お題は三つ。『歌』、『ダンス』、『演劇』だ。さてさて、現当主が行う芸は——。

最初の札には——『ダンス』と記されていた！

「なるほど、ダンスか。いいでしょう」

自分のする芸を確認すると、すぐにリアスのお父さんは舞台裏に入っていく。

五分ほど皆がドキドキしながら待っていると——会場の明かりが暗くなり、舞台に照明が灯《とも》る。

刹那――軽快なＢＧＭが始まり、舞台にラクダをデフォルメしたような「ゆるキャラ」の着ぐるみが出現した！　あれは――グレモリー領の「ゆるキャラ」こと「ゴモりん」じゃないか！

ま、まさか――。

軽快なＢＧＭに合わせて、ラクダの着ぐるみが見事なダンスを披露していく！

『ゴモゴモゴモゴモーン！』

――叫ぶ着ぐるみ。

ヴェネラナさんが苦笑しながら言う。

「ジオティクスよ、中に入っているのは」

や、やはり！　前にも「ゴモりん」を着ていたもん！　まさか、グレモリーの現当主さまが、着ぐるみに入ってダンスを披露するとは！　しかもノリノリに！

これには娘のリアスも肩から力が抜けたように見ていたが……一方で盛り上がっている方もいた。キシスさまだ。

「やだっ！　キャーッ！　ジオたんッッ！」

リアスのお父さんの顔写真が貼られた団扇《うちわ》と、光るケミカルライトを手に持って、愛《いと》しの息子の姿に超絶興奮していた。

キシスさまは口元を手で押さえ、

「……無理。ジオたん、尊い。しんどい……」

目に涙を溜《た》めながら、息子の晴れ舞台（?）に感動を覚えているようだった！　親バカぶりがすごいな、リアスのお祖母《ばあ》さんっ！

グレイフィアさんがミリキャスに言う。

「見ておきなさい。――当主とはこういうことも見事にこなすものなのです」

「はい！」

真面目なグレイフィアさんとミリキャス。……悪い影響だとは思うんだけどな。

そんな場面もありつつ、ダンスは展開していく。

「うふふ、ジオたん。いい当主ダンスだわ」

主役たる初代さまは現当主さまのダンスにご満悦のようだ。

ラクダの現当主さまによるダンスも終わり、次のお題となる。二番手はミリキャスだ。

俺は身構えるミリキャスを視界の隅に映しながら、初代さまのくじに注目した。

引かれたくじには――『歌』と記されていた！

「わかりました！」

気合いを入れて、ミリキャスが舞台裏に向かう。しばらくしてから、会場が再び暗くなり、スポットライトが舞台に降り注ぐ。

舞台袖から出てきたミリキャスが皆の拍手を受けながら、舞台の真ん中に立つと、聴いたことのない音楽が会場に流れ出す。

「グレモリーに古くから伝わる民謡ね」

リアスのお母さんがそうおっしゃった。

あー、グレモリーの民謡なんだ。

「――――――♪」

今日の参加者のなかで一番歳が若いであろうミリキャスは、見事な歌声を披露する。

――っ。……上手じゃないか、ミリキャス。

これには皆が感動を覚えて、心地よく歌に耳を傾けていた。初代さまも情愛の深い表情で年若い子孫の歌を聴いていた。

「ぐすっ。うぅ」

――と、誰かが泣いている声が聞こえたので、そちらに視線を向けると、グレイフィアさんが涙を流していた。息子の晴れの舞台についつい感動してしまったのだろう。

しかも手には小型ビデオカメラが握られており、ミリキャスの姿を撮影している。やは

16K

り、母親としては晴れ姿を残しておきたいよね。

「サーゼクスさまにもお見せしたかったですね」

俺がそう述べると、リアスのお母さんも「ええ、本当に」と同意された。

ミリキャスの歌が続くなか、余裕の表情を浮かべる者がいた。――リアスだ。

次はリアスの番なのだが、残るお題目は――『演劇』のみだ。実はリアス、この『演劇』に力を入れていた。というのも、ヒーローショーの『乳龍帝おっぱいドラゴン』に『スイッチ姫』役として出演しているうちに、最初は棒気味だった演技もみるみるうちに上達していき、役者として板についていたのだ。

今回の宴《うたげ》のお題についても、悪魔としての仕事や学業の合間を見つけては、少ない準備期間のなか『ダンス』『歌』『演劇』のレッスンをこなしてきた。特に『演劇』のレッスンは完璧だというのだ。

という経緯もあって、残る『演劇』が彼女になったことで自信を見せていた。

ミリキャスの歌が終わり、トリであるリアスの番となる。リアス以外にも『演劇』のために朱乃《あけの》さんやレイヴェルなど何名かが役者として参加する。彼女たちもリアスに付き合って、レッスンを重ねていた。

リアスが言う。

「朱乃、演技の準備はいいわね？」

「ええ、いつでも」

そういうやり取りがあるなかで、初代さまが最後のくじを引く。

リアスのために初代さまが引いたお題目は――。

なんと、そこには『一発芸』――と、予想外のお題が記されていた！

これには自信満々だったリアスも硬直してしまう。

「…………」

一拍置いて、かつてないほど焦《あせ》った表情を浮かべていた。

リアスが叫ぶ。

「い、一発芸ぃぃぃぃぃっ⁉」

これを聞いて（ラクダの着ぐるみの頭部を外した状態の）リアスのお父さんが初代さまに訊《き》く。

「むっ。過去にそのようなお題がありましたかな？」

イタズラっぽい笑みを見せながら、初代グレモリー――ルネアスさまがおっしゃる。

「うふふ、新たに足したのよ。こういうのは時代に合わせていかなければね♪」

なんてこった！　そういうのアリなのかよっ⁉

あのイタズラっぽい微笑《ほほえ》みは、わざとだな！　なるほど！　これが小悪魔で美少女の初代グレモリーさまってことか！

ダメ押しとばかりに初代さまが言う。

「ただの一発芸はダメよ。楽しいやつ。こういう宴にはお笑い芸が似合うわ」

なんて無茶な注文！　リアスにお笑いの一発芸をしろと！

リアスが初代さまに問う。

「ほ、滅びの魔力は――」

「それ、バアルの特性だし」

「では、ギャスパーとの合体技――」

「それ、笑えるのかしら？」

「私の好きな日本の伝統芸能――」

「それ、あなたの持ち味になるのかしら？」

「…………っ！」

ことごとくリアスの持ち技を否定する初代さま。リアスも言葉を詰まらせる。

衝撃を受けながらもリアスは数十秒ほど、顔を伏して考え込んだのち――意を決した表情（目に涙を浮かべてる）で自分の番に臨む。

リアスが俺に訊いてくる。

「イッセー。私に力を貸してくれる……？」

そのやけくそ感に包まれた表情で俺は彼女の決心、真意に気づく。

――っ。……彼女は、次期当主としてのプライドのためにすべてをなげうつ覚悟をしたんだ。

「うん。なんでも言ってくれ。俺はキミの味方だ」

俺は頷《うなず》く。

俺とリアスは心を通わせ、舞台裏に赴く――。

会場が暗くなり、舞台にスポットライトが当たる。そこに現れたのは、禁手化《バランス・ブレイク》して赤い鎧《よろい》を装着した俺と、ドレスを着たリアスだ。

リアスが叫ぶ。

「イッセー！　いくわよっ！」

「おうッ！」

応じる俺にリアスは――グレモリーの女性の象徴であろう豊かなおっぱいを光らせて、俺にビームを放ち、エネルギー補充の技を見せた！　それを皮切りに――。

「イッセー！　私の胸をつつきなさい！」

「任せろッ！」

リアスの乳をつついて、俺のオーラが凄《すさ》まじく高まる姿を見せたり、

「イッセー！　私の胸で朱乃の胸と通話してちょうだい！」

「了解ッ！　『乳語電話《バイフォン》』ッッ！」

俺がリアスのおっぱいを中心に芸……のような技を披露していく。

「アハハハハハ。すごい！　私の子孫、何があったのよ！」

子孫でありグレモリー家次期当主であるリアスの……おっぱいから繰り出される現象に初代グレモリーさまは涙を流すほど大爆笑していた。

……これ、俺の芸でもあるような……？　そんな疑問も脳裏をよぎったが……リアスの決心は受け止めないとな。それに初代さまも大満足のようだ。

こうして、リアスのお父さん、ミリキャス、リアスによるグレモリー三者三様の芸が披露されたのだった。お題の芸が終わったあとは、食事を交えての反省会へと続く。

宴が終わったあとで、初代グレモリーことルネアスさまが、芸を見せてくれたリアスのお父さん、ミリキャス、リアスをご自身の前に来させた。

「楽しかったわ。あなたたちにご褒美《ほうび》をあげるわね」

言うなり、指パッチンすると転移型魔方陣が展開して、そこに——四つコブのラクダが

三頭出現した！

さっきあいさつしてきた、しゃべる絶滅危惧種のラクダだ！

三頭のメイカイヨツコブラクダを並ばせた初代さまが笑顔でおっしゃる。

「この子たち、一頭ずつあなたたちにあげるわ。グレモリーといえば、ラクダだものね♪」

かわいくウインクして、絶滅危惧種のラクダをご褒美として差し出してきたのだった。

例のラクダ——ガブンがリアスに話しかける。

『それでは今後ともよろしく。次期当主殿』

これにはラクダが苦手なリアスは——。

「……悪夢だわ……」

気を失い、その場で倒れ込んだのだった！

それを見ながら、初代グレモリーさまは苦笑しながらも「ラクダに慣れなさい」と厳しく伝える。

初代グレモリー——ルネアスさまが俺たちを見回しながらおっしゃる。

「当分、起きているつもりだから、私のことも今後ともよろしくね♪」

かくして、俺たちは初代悪魔グレモリーのルネアス・グレモリーさまと交流を持ち始めるのだった。

……次はどんな無茶な注文が来るか怖いけど……かわいいから、問題なし！　かな？

兵藤家にて

イッセー

「ただいまー、って
今日はみんな出かけてて誰もいないか」

ルネアス

「おかえりなさい、イッセーちゃん」

イッセー

「ええええっ!?
初代さま、なんで俺の家に!?」

ルネアス

「グレモリー次期当主がどうやって
暮らしているか、ちょっと見学に
お邪魔したわ。いきなり悪いわね」

イッセー

「お言葉とは裏腹に、寛いでますね。
ソファーに寝そべってお菓子食べて……
いや、いいんですけど」

ルネアス

「ねぇ、イッセーちゃん。せっかくだから
リアスちゃんのこと。色々教えてくれない?
いろいろ気になっちゃって」

イッセー

「そうですね……わかりました。じゃあ、
リアスや俺の仲間のことを少し話しますよ」

ルネアス

「面白い話をお願いね?　期待してるわ」

イッセー

（めちゃくちゃプレッシャーかけられてる!）

Life.2　ラクダ嫌いのグレモリー

「……最悪だわ」

俺がアーシアたち教会トリオと買い物から帰ってくると、部長が青ざめた顔で弱々しい声を漏らしていた。──俺の部屋の隅っこで。

体育座りをしてこぢんまりとした姿はちょっと愛らしいと思えてしまう。

「……どうかしたんですか？」

俺が恐る恐る訊《き》いてみると──こちらに気づくなり、胸に飛び込んできた！

「イッセー！　助けて！」

などと俺に言ってきたんだ！　な、何事ですか……？

部長は目を潤ませながら言う。

「……先ほど、グレイフィア──いえ、お義姉《ねえ》さまから連絡が来て……。御家《おいえ》の決定とはいえ、それでも私は……。急にそんなことになるなんて思わなかったから……私、どうしたらいいのか……」

ハラハラと涙を流しながら訴えかけてくる声音だけでグレモリー家からの連絡が重大で苛烈なものだと認識できる。……ま、まさか、また婚約相手が見つかったとか？

いや、それはさすがにないだろう。部長のご両親はライザー以降の相手は見つけてきていないようだし。あの気丈な部長がそれぐらいで泣くはずもない。じゃ、じゃあ、部長がここまで泣くことっていったい……。もしかして！　御家騒動とか⁉

いろいろなことを頭の中で巡らせていた俺だが、部長は続けてこう漏らした。

「……ラクダに乗ることになってしまったの……」

……………。

一瞬、部長の言ったことが理解できなかった俺だが……。

「……え？　ラクダ？」

そのときはそれしか反応できなかった。

一階のリビングに下りてきた俺たち兵藤家《ひょうどう》に住むグレモリー眷属《けんぞく》。卓を囲みながらラクダについての説明を事情に詳しい朱乃《あけの》さんから受けることになった。部長はいまだ意気消沈してため息ばかり吐《つ》いている。自らラクダについて語ることすら嫌なようだ。

「リアスはラクダが大の苦手ですわ」

朱乃さんはクスクスと小さく笑いながらそう言う。さらに補足説明をくれた。

「グレモリーといえばラクダです。悪魔の情報を記した魔道書『グリモワール』などでは、悪魔グレモリーは公爵の冠を被《かぶ》り、大きなラクダに乗って魔方陣から現れると書かれているのです。ですから、古来グレモリーは重要な催しなどではラクダに乗ってそれらをこなしていたのです」

はぁ、なるほど。グレモリー＝ラクダってことなのね。……そういや、グレモリーのお城に行ったとき、グレモリーの衛兵さんがラクダっぽいものに乗っていたかも。そこまで注目していなかったから定《さだ》かじゃないが……。

その辺の記憶があやふやな俺。首をひねる俺を見て朱乃さんは微笑《ほほえ》んだ。

「イッセーくんの記憶にラクダがなかなか出てこないのも仕方ありませんわよ。当のリアス本人がラクダ嫌いなんですもの。遠ざけて近づけないように御家の方々も気を遣ってくださいましたわ」

部長がラクダのことを嫌いって御家の皆《みんな》が知っているから、ラクダを近づけなかったのね。だから、俺の記憶にラクダがなかなか出てこないのか。俺、常に部長のそばにいたから、そりゃラクダとの接触もないわな。それはともかく本題に入ろう。

「それで、ラクダに乗ることになったたっていうのは？」

俺は部長に問う。部長は一度大きくため息を吐いたあと、重い口を開いた。

「……雑誌の取材を受けることになったの。大特集を組んでもらえる予定なのだけれど……。雑誌の写真撮影のひとつで『ラクダに乗ったリアス・グレモリー』を撮りたいと言われて……」

ほう、雑誌の取材か。部長は冥界で人気者だもんな。魔王の妹、グレモリーの次期当主、そして「スイッチ姫」として。男女問わず支持を得ていて、部長のファッションを真似《まね》する若い悪魔の女の子も多いそうだ。……駒王学園《くおうがくえん》の制服も真似されていると聞いたことがあるな。とにかく、それぐらい人気なんだ。まあ、美少女でお姫さまってだけで注目の的だよな。

――で、雑誌の取材でラクダに乗ることになった、と。朱乃さんが続ける。

「これまで通り、リアスはラクダ関連を拒否したのだけれど、今回に限ってはグレイフィアさまが義姉《あね》として厳しく言いつけられたようなのよ」

『リアス、今回は乗りなさい。グレモリーの次期当主でしょう？』――と、グレイフィアさんにキツく言われてしまったらしい。メイドバージョンではなく、義姉バージョンで。きっと、キリッとした目つきと表情で容赦なく言い放ったんだろうな。グレイフィアさんの威圧的な雰囲気を俺でも想像できてしまうゆえに感じてしまう。

普段はメイドとして部長やサーゼクスさま、グレモリーの者をフォローするグレイフィアさんだけど、メイド服をひとたび脱げば途端に厳しいお義姉さまに大変身。

義姉を誰よりも尊敬している部長だからこそ、その命令は絶対なのだろう。期待を裏切りたくないし、怒らせたくもない、と。

部長は体を小さく震わせて、涙目になりながらぼそりと一言だけつぶやく。

「……お義姉さまの命令は絶対だから、なんとかしないと……」

あら、かわいい！　歳《とし》より幼く感じてしまうほどの表情と声音でそんなことを言うものだから、リアスお姉さまのちょっとした一面は油断ならないんだ！

部長の頭を「いいこいいこ」となでながら朱乃さんが言う。

「リアスのわがまま関連に限っては時として物凄《ものすご》く厳しいものね、グレイフィアさまって」

朱乃さんに軽く抱きつきながら部長はまたまた深いため息を吐いた。

「……お義姉さまは私のために言ってくださったのよ。お義姉さまが間違ったことを言ったことなんてないもの。……けれどどね、本当ダメなのよ、ラクダだけは……」

朱乃さんはそんな主《あるじ》であり親友でもある部長の手を取り、慈愛に満ちた顔で言った。

「ラクダの手配は済んでいるから。もうすぐここに到着するわ。うふふ、リアス、一緒にラクダに慣れるレッスンをしましょうね」

一拍置いたあと、部長は「朱乃の鬼巫女《おにみこ》！」と泣いてしまったのだった。

――で、もちろん俺もそのラクダ克服レッスンに参加することになった。さてさて、どうなることやら……。

―○●○―

次の休日、さっそく件《くだん》のラクダが兵藤家に到着した。

「リアス、グレモリー家からラクダくんが来たわよ」

朱乃さんが地下の転移型魔方陣から兵藤家の庭に連れてきたのは――背に三つもコブのあるラクダだった。

「ぐぅげぇぇぇぇぇぇっ」

不気味かつ若干イラついた感じのラクダが鳴く。

「こちらがメイカイミツコブラクダのゴモリー十五世くんですわ」

朱乃さんはそう説明してくれた。

「みつこぶ、なんですか？」

俺が朱乃さんに訊く。ひとこぶ、ふたこぶは聞いたことあるけど、みつこぶなんていたっけ。

「冥界だけに住むラクダですわ」

朱乃さんはそう説明を加えてくれた。あ、冥界産なんだ。へー、冥界にはみつこぶのラクダがいるんだね。

「……人間界のヒトコブラクダは野生では絶滅し、ほぼ完全に家畜化されたとされていて、野生のフタコブラクダも世界で八百頭しかいないとされていますね」

――と、小猫《こねこ》ちゃんが説明をくれた。豆知識ありがとう、小猫ちゃん！

……さて、肝心の部長だけど……。俺はキョロキョロと周囲を見回したものの、一目では部長を発見できず――。……庭の隅でそろりそろりと逃げようとしている紅髪の美少女の姿が視界に映る。

「ゼノヴィアちゃん、リアスを確保ですわ」

朱乃さんがゼノヴィアにそう指示を出すと「了解！」と素早く部長を捕まえてしまった。

「いや、放してゼノヴィア！　お願い！　いやぁぁぁっ！」

「部長、観念しなければダメだ。人間誰しも苦手なものに挑戦してこそ成長に繋《つな》がるものだ。私たちグレモリー眷属はそうやって困難を乗り越えてきた」

「私、悪魔だもん！　挑戦しないもん！」

ガッチリと肩をホールドしているゼノヴィアの説得に必死で駄々をこねている部長。嫌がる口調がラブリーで萌《も》えますね！

「いや！」

あら？　アーシアの悲鳴も聞こえてきたような――って、声のしたほうを振り向けば、そこにはラクダに襲われているアーシアの姿があぁぁっ！

「はぅ！　ちょ、あの！　このラクダさん！　スカートの中に入ってきます！　や、やめてください！　あんっ！」

「ぐもぉおん！　ぐもぉぉおんっ！」

興奮した様子でアーシアのスカートの中に頭を突っ込んでいるラクダ！　それをアーシアは必死にスカートを押さえて防ごうとしていた！　なんてことだ！　俺はすぐさまアーシアのもとに駆け寄り、ラクダに蹴りを入れた！

アーシアを背後に隠して、倒れ込むラクダに指を突きつけた！

「こ、このエロラクダ！　アーシアのスカートの中に頭突っ込みやがって！　うらやまし――いや、けしからん！」

ラクダはよろよろと立ち上がると、殺意にギラついた眼光を放ちながら俺に――、

「ぺっ！」

つばを吐きかけてきやがった！　避《よ》けようと思ったが、避けるとうしろのアーシアにかかってしまうため……、為《な》す術《すべ》のない俺の顔面にべっちょりとエロラクダのつばがぶっかけられてしまった。俺のなかで何かが勢いよく「ブチン！」と音を立ててキレた！

「……こ、この野郎ォオォオッ！　ツバ吐きやがった！　許さん！」

籠手《こて》を出現させて、禁手《バランス・ブレイカー》のカウントまでスタートさせた俺を朱乃さんが制止する！

「ほら、イッセーくん！　落ち着いて！」

「そうは言いますけども！　この野郎、アーシアのスカートに頭突っ込んだ上に俺につばまで吐きかけてきたんスよ！　少し教育が必要というか！　こいつの他にラクダいなかったんですか⁉」

こんなのが部長のリハビリ相手だなんてとんでもないことだよ！　ほらほら、部長や朱乃さんのたわわな乳をガン見してるもん！　俺もスケベだから視線や行動でわかるんだ！　このラクダは真性のスケベ野郎だ！　ラクダの分際で悪魔のレディに興奮するだなんて！　前世は相当なエロだったに違いない！

「何やらグレモリーのイベントにラクダのほとんどが出ているようなのよ。めぼしいラクダでこちらに回せるのはこの子ぐらいだったそうですわ」

朱乃《あけの》さんはそう言う。めぼしいのがこれだけって！　次期当主のリハビリ相手なんだから、もっといいラクダ寄越《よこ》せばいいのに！　はっ！　まさか、これもグレイフィアさんからの試練なのでは⁉　などという邪推までするほどにこのラクダの視線はエロすぎる！

今度は朱乃さんのスカートに顔を突っ込もうとするが——「カッ！」と雷光が煌《きら》めき、一瞬でラクダが黒焦げになった。

「うふふ、ゴモリーくん？　オイタばかりしていたら……食べちゃいますわよ？」

朱乃さんは笑顔のまま凄《すご》む！　その迫力を見て、ラクダのゴモリーもどちらが上であり、自分がどういう立場か理解したようで一歩下がり、地にひれ伏した！

おおっ、朱乃さんのSが炸裂《さくれつ》した！　エロラクダにも効果テキメンだぜ！

「さて、リアス。はじめましょうか」

ゼノヴィアにガッチリホールドされている部長に朱乃さんは楽しげな笑みを見せていた。

ああ、朱乃さん、親友相手にSを見せる気なんだって、すぐに俺は理解した。

◎リアス・グレモリーのラクダ騎乗リハビリその1

朱乃さんが、顔面蒼白《そうはく》の部長相手に告げる。

「それではさっそくリアスのリハビリをはじめます。ラクダに触れることも嫌だというのは、このゴモリーくんがラクダゆえにでしょう。では、このゴモリーくんがかわいい眷属《けんぞく》のような存在ならばどうでしょう？」

「……どういうことかしら？」

訝《いぶか》しげにしている部長。朱乃さんは一枚の拡大顔写真を取り出す。――そこには、俺の顔写真があった。

「ゴモリーくんの顔にイッセーくんの写真を貼ります。はい、これでゴモリーくんがたちまちイッセーくんに早変わりですわ」

朱乃さんはそう言うが……。ラクダの顔に俺の写真が貼り付けられているだけだけど……。なんとも言えない感情が俺のなかで巻き起こっていた。

「どう、リアス？　イッセーくんに見えてきた？」

無茶を言う朱乃さん！　う、うーん、若干厳しいような……。

「む、無理よ。どう見たって、イッセーには見えないわ！　私のイッセーはもうちょっとこう仕草が野性的でいかがわしい姿勢を取るわ！」

俺、そんなふうに見られていたんですか⁉　主の告白に驚きで目玉が飛び出る思いの俺！　部長の言葉にゼノヴィアはあごに手をやりながら唸《うな》る。

「そうだな……確かにもう少しスケベなオーラを放っているぞ、イッセーは。……いや、まあ、このラクダもイッセーに見えなくも……ないかな？」

意味わからねぇよ、ゼノヴィア！

「じゃあ、こうしてみましょう！」

イリナがさらに俺の顔写真を取りだして、みつこぶにそれぞれ貼っていく。

「イッセーくんの顔が四つになったわ！　すっごいイッセー度よね！」

余計わけがわからねぇよ、バカ天使！　イッセー度ってなんだよ！　と、心中でツッコミを入れる俺だが……。

「……どうしたのかしら、少しだけこのラクダがイッセーに思えてきたわ……」

ええええええええええええええええっ⁉　本当にどうしたんですか、部長ぉぉおっ！

俺の顔写真が四つも並んだ状態のラクダを見て錯乱したんですか⁉　瞳もなんだかまともじゃない色になってるしぃぃっ！

「ぐほっほっ（笑）」

ぐほっほっ（笑）、じゃねぇよ、クソラクダ！　うれしそうな声で鳴くんじゃねぇよ！

こんなバカげた方法でこのエロラクダと同義にされそうだなんて！　こっちが泣きてぇぐらいだ！

俺の顔写真を貼って慣れさせるという案は結局ボツとなった。

◎リアス・グレモリーのラクダ騎乗リハビリその2

「仕方ありませんわ。次の案はこうしましょうか」

などと息を吐《つ》きながらつぶやく朱乃さんは……部長を拘束具で縛り、目と口も塞いでしまった！

「強硬手段ですわ。無理矢理《むりやり》ラクダに騎乗してもらいます」

朱乃さん、酷《ひど》い！　主《あるじ》にこんなことまでするなんて！　しかもがんじがらめにしている間、朱乃さんったらいいSな顔を見せてくれていたんだよな！　それを制止せずに興奮して見てしまった俺も尚更《なおさら》タチが悪い！　変態ですみません部長！　部長が朱乃さんたちに拘束されていく姿はエロくてたまらないものがありました！

「ふむー！　ふむー！」

猿ぐつわ越しに部長が何かを訴えながら首をいやいやと振るが、朱乃さんは容赦なく小猫ちゃんとゼノヴィアに命じる。

「小猫ちゃん、ゼノヴィアちゃん、拘束されたままのリアスをゴモリーくんの背に乗せちゃってくださいね」

「「イエス、マム」」

二人は敬礼したあと、部長を肩に担《かつ》ぐとそのままゴモリーの上に乗せてしまった！

「ふぎゅー！　ふぎゅー！」

悲鳴をあげる部長だが、それに構わずゼノヴィアと小猫ちゃんは縄でラクダと繋げてしまう！

「これも部長のためなんだ！　ガマンだぞ、部長！　これが終われば私は朱乃副部長から霊剣を一振りもらえるんだ！」

「……すみません部長。朱乃さんにケーキで買収されましたので」

ひでぇな、キミたち！　朱乃さんに物で買収されていたのかよ！

「ぐふもおぉぉぉぉっ♪」

部長と縄で繋がれたラクダのゴモリーは興奮した様子の鳴き声を漏らしていた！　この野郎、背中に部長のおっぱいが押しつけられてえらい興奮してやがる！　俺の大事なおっぱいがあんなエロラクダに触られるなんてえぇぇぇぇっ！

俺は抑えきれないほどの怒りと嫉妬をラクダに向けてしまっていた！

「きゅー……」

いくらかの抵抗のあと、部長はそのような可愛《かわい》い声を発して、パタリと気を失ってしまったのだった。

「あらあらうふふ、リアスったら、もうギブアップだなんて♪　次はどういうのでいこうかしら……」

最高の笑みを浮かべながら朱乃さんは部長をゴモリーくんから下ろしていく。

「……ラクダと泳ぐとかどうでしょうか？」

「いやいや、ラクダとボクシングも悪くない」

「じゃあ、地下のプールで水上バトルね！」

小猫《こねこ》ちゃん、ゼノヴィア、イリナが次々と楽しげにアイディアを出していた！

……今日の朱乃さんたちは絶対に部長で楽しんでる！　しかし、そんな朱乃さんを止められない俺であった――。そしてリハビリ作戦は最終段階に入ることになった。

……それがまた無茶苦茶だった。

◎リアス・グレモリーのラクダ騎乗リハビリその3

「こうなったら、最後の手段ですわ。他のラクダくんを使います」

朱乃さんは嘆息しながらそう言う。

「なるほど、朱乃さん。ていうか、他のラクダって——俺ですか⁉」

驚愕《きょうがく》しながら、俺は自分の姿に度肝を抜いていた！　だって当然じゃん！　俺、いまラクダそのものになっているんだもん！

最後の作戦、それは身近な存在をラクダに変えて克服すること！　選ばれたのは——俺だった！

「北欧で覚えたラクダ変化《へんげ》魔法がこんなところで役に立つとは思ってもみませんでした」

ふー、と魔法の術式を終えたロスヴァイセさんが息を吐いていた！　そう、俺をラクダに変えたのはロスヴァイセさんの北欧式の魔法だ！　なんでそんな役に立たなそうな魔法を覚えていたのか問い詰めたいぐらいだが、その効能はいま俺で試されてしまった！

「ひでえよ、皆！　俺をラクダにするなんてさ！　いくら部長のためでも！」

涙を流しながら訴える俺！

「でもかわいいです、イッセーさん！」

アーシアはそんなことを言ってくれるけど、あまりのことに俺は涙が止まらなかった！

――だが、ラクダになった俺のもとに部長は恐れながらも近づいてきてくれていた。

「……イッセーがラクダなら、大丈夫かも……」

そのようなことをつぶやきながら、部長は生唾を飲み込んで意を決する。震える手を俺のほうに恐る恐る伸ばして――バチンッ！

「いや！　やっぱり、無理よ！」

俺は思いっきり頬を平手打ちされたのだった――。

その後、変化《へんげ》した俺限定でなんとかラクダに慣れた部長は、撮影に使うラクダを俺にすることを条件に雑誌の取材をこなすことができたんだ。

まあ、雑誌の依頼はそれで終了。ラクダにはいまだ慣れきれないようだけど、少しだけマシになったということでグレイフィアさんも不満がありつつも納得はしてくれたようだった。


―○●○―

「リアスがラクダを嫌いな理由ですか？　ええ、この子、小さい頃に家の敷地《しきち》で放牧していたラクダにイタズラしたら、群れに囲まれたあと、半日追いかけ回されたのよ。それでラクダが嫌いになったのです」

兵藤《ひょうどう》家に遊びに来ていたソーナ会長が、紅茶を楽しみながらそう教えてくれた。

「……いいじゃない。若気の至りよ」

赤面しながら頰を膨らませる部長。

へー、そんな理由があったんだな。それはまたやんちゃな幼女時代を過ごされたようだ。

……って、それもいいんだけどさ。

「あの、俺！　元に戻っていないんですけど⁉」

いまだラクダの姿から元に戻っていない俺は皆《みんな》に異を唱える！　当然だろう！　なんで俺、ラクダのままなのさ！

「その魔法、解けるにはあと二日か三日かかります。結構、強力な術なのですよ」

ロスヴァイセさんがそんな残酷な報告をする！　なんでそんな強力で役に立たない魔法をあなたは北欧で覚えてきたんですか⁉

「クソ！　ラクダのまま部長に甘えてやるぅっ！　部長、何かご褒美《ほうび》くださぁぁい！」

やけくそになった俺は部長に近づくが――、

「ラクダ、イヤ！」

バチンとビンタをもらうだけだった！

おかしいよ！　また俺だけ理不尽な扱いを受けてるしぃぃぃっ！

「……ゴモリーくんは先輩のドッペルゲンガーかもしれませんね。というか、先輩がゴモリーくんのドッペルゲンガー？」

小猫ちゃんがぼそりとそうつぶやいたのだった。

「いいから俺を元に戻してくれぇぇぇっ！」

Life.3　かしましペダル

とある日の部室にて。神妙な面持ちでアーシアが俺に言う。

「イッセーさん、今度の週末、お暇《ひま》ですか?」

「特に何もなさそうだから、暇っちゃ暇かな」

などと返すと、アーシアは意を決したように告げてくる。

「自転車に乗れるようになるために練習がしたいんです!」

それは、運動音痴のアーシアにとっては最大の挑戦といってもいい事柄だった。


—○●○—


週末になり、俺とアーシアは近くの公園に来ていた。

むろん、自転車に乗る練習をするためだ。二人共にジャージ姿だった。

練習に使用するのはかご付きの俺の自転車。たまにしか使わないけど、アーシアが練習するということで事前に手入れはしておいたから動かしづらいってことはないだろう。

「うん、いい練習日和だ」

「ええ、天からのご加護があってもおかしくない陽気だわ！」

俺とアーシアの横でうんうんうなずきながらそのようなことを口にしているのはゼノヴィアとイリナだった。

アーシアが自転車の練習をすると知ったら、俺と共に練習に付き合うと言ってついてきたんだ。……正直、練習に付き合うのに三人も必要ないと思うが……。

「じゃあ、とりあえず、練習を始めようか、アーシア。俺がうしろを持つから漕《こ》いでみようか」

自転車のうしろをつかむ俺。アーシアはたどたどしい動作で自転車にまたがる。

「はぅぅ、離さないでくださいね！　離すときは離すって言ってくださいね！」

まあ、いきなりは離さないさ。とりあえず、公園の端から端まで押さえながら走ってもらって、慣れてきてからパッと離そうかなと思う。

スタンダードな練習方法だろう。俺も小さい頃、父さんとこんなふうに練習した。

「はぅ！　あぅ！　きゃぅ！」

アーシアが小さな悲鳴を何度も漏らしながら自転車のペダルを漕いでいく。まだハンドルの感覚とペダルの回転数が合っていないせいか、体の重心が右に左に大きく揺れてしまう。

……けっこう、自転車の練習に付き合うって体力使うかも。運転手が慣れるまでは支える者がヒト一人分の重さと自転車を押さえるわけだからな。

おぼつかない動きの自転車をなんとか公園の端まで押さえた俺は一息ついてアーシアにアドバイスをしていた。その横で——、

「そろそろなのよねー」

「ふむ、私のほうもそろそろなんだが……」

イリナとゼノヴィアが公園の時計をしきりに気にしていた。

…………？　なんだろうか？　俺的に一緒に手伝ってくれるものかと思ったんだが。

パァァァァ……。

訝《いぶか》しんでいた俺の前で突然天から光が降り注いだ！　おおっ！　何事だよ⁉

それを見るなり、イリナは手を組んで天にお祈りをしだした。

「ああ、先輩天使の方々、ありがとうございます！」

光が降り注いだ地面に何かが出現していく。——それは一台の自転車だった！

イリナがその自転車を前にして力強く言う。

「ふふふ！　これこそ、天界の力を借りて製作してもらった特注品の自転車なのよ！　ギ

アチェンジはもちろん、光力使用の聖なるライトで夜道の運転でも安心なの！　これでアーシアさんはたちまち自転車マスターになるわ！　えへん！　えへん！」

じゃないでしょう！　天界にわざわざ特注のチャリを頼んでいたのかよ！

ゼノヴィアがそれを興味深そうにまじまじと見ていた。

「ふむ。いい自転車だ。ボディが神々《こうごう》しい輝きを放っているぞ。アーシアの前に私が乗ってもいいかな？」

「ええ、ぜひとも天界の技術に触れてみてちょうだい！　きっと敬虔《けいけん》な信者悪魔たるゼノヴィアもミカエルさまのご加護を得られるわ！」

敬虔な信者悪魔って名称も凄《すさ》まじいものを感じるけど……。何はともあれ、ゼノヴィアはその天界仕様の自転車に乗ることとなった。

「どれどれ……」

ハンドルに手をかけ、またがった瞬間――。

ジュウゥウゥウゥ……ッ、という何かが焼ける音が聞こえ、ゼノヴィアの体から煙が上がり始めた！

「あ、『その自転車には儀礼済みの鉄や銀が使われているから、悪魔はダメージ受けちゃうので要注意です』って先輩からメールが届いたわ！」

イリナがケータイメールを見ながらそう言った！　いやいやいや！　俺たちにとって危険な仕様の自転車なのかよ⁉

当のゼノヴィアは――口からも煙を吐いていた。いい笑顔で一言漏らす。

「いい効能だ。これならば変な悪魔が寄ってきても安心……ぐふっ」

あああああ！　このバカちん、乗って笑ったままガックリと力尽きやがった！

「ゼノヴィアさぁぁぁん！　死んじゃダメですよぉぉぉっ！」

アーシアが急いで駆け寄って回復タイムとなったのだった。

……何をしにきたんだ、イリナとゼノヴィアの二人は……。

俺は頭を抱えるしかなかった。今日の練習は予想以上に大変なことになりそうだ。

「すまんすまん。つい乗ってしまった」

公園のベンチでアーシアに癒《いや》されたゼノヴィアがそう言った。

「もうゼノヴィアったら、チャレンジャーなんだから！」

イリナがゼノヴィアの額を小突きながらおかしそうに笑っていた。

「おまえら、休日の真っ昼間から体を張ったギャグでもやりにきたのか⁉」

と、突っ込んだ俺。嘆息したあとアーシアの練習の付き添いを再開しようとしたが――

今度は公園に転移用の魔方陣が出現する。

……紋様からすると悪魔式じゃなくて、堕天使式だ。アザゼル先生がよく使う魔方陣にそっくりなんだけど……。

もうその時点で嫌な予感しかしないが……。魔方陣から現れたのは一台の自転車だった。

……あ、怪しさ大爆発だ……っ！

ゼノヴィアが「おー、きたきた」と言いながらその自転車に近づいていく。おまえ宛てかよ⁉ ゼノヴィアは魔方陣から出現した自転車に手をやりながらアーシアに言った。

「アーシア！　この自転車はアザゼル先生に頼んで作ってもらった特注の魔動アシスト自転車だ！　電動式なんか目じゃないらしいぞ！」

……などと、力説しているけどさ！　アザゼル先生の特注だと⁉　もう、それだけで信用できない俺がいた！　あのイタズラ大好きな邪悪な先生が作ったってだけで胡散臭《うさんくさ》さの塊じゃないか！

心なしか、車体から危険そうなオーラまで滲《にじ》み出ているように思えるよ、そのチャリンコォォッ！

「先生が私のために？　うれしいです！　ぜひ、その自転車で練習を――」

ピュアなアーシアは心底うれしそうに反応しているが……。俺はそこまでピュアではないから純真なアーシアを自転車（先生作）から離れさせる。ゼノヴィアに一言物申した。

「なあ、ゼノヴィア。俺はアザゼル先生の特注って時点で信用が皆無なんだが……ちょっと先におまえが試乗してくれないか？　ほら、前輪と後輪のところについてる謎の突起物が怪しくて仕方ないんだ」

そう、その自転車の前輪と後輪の部分には奇妙な形式の突起物らしきものがついているんだ。……あれ、絶対に何かあるだろう。先生と過ごした日々の経験を鑑《かんが》みてもあれは高確率で酷《ひど》い代物だ！

俺がそう言うと、ゼノヴィアは多少ムッとした表情となり、自転車にまたがった。

「イッセーは私が用意した自転車に不満があるんだな？　いくらアザゼル先生が悪の親玉だとしてもかわいいアーシアのためならば、乗りやすく製作してくれたに違いないぞ！」

言うやいなや、ゼノヴィアは軽やかに自転車を走らせていく。

公園の広場で器用に右に左に円を描くようにうまく乗りこなしていった。まあ、ゼノヴィアは身体能力が高いから、この手のものは得意だよな。

「見ろ、イッセー、アーシア！　きちんとした自転車だぞ！　強度も高そうだし、何よりも乗りやすい！」

確かにゼノヴィアの運転を見る限り、いまのところこれといった変化はないが……。

そんなゼノヴィアにイリナが注文をつける。

「ねーねー、ゼノヴィア！　ハンドルの左持ち手についてるそのデジタル機器を動かしてみて！　すっごい気になるー！」

イリナの言う通りだ。ハンドルの左持ち手についている謎の機械。電動自転車で言うところのスイッチがあるデジタルメーター機器みたいなものがゼノヴィアの運転する自転車にもついているんだ。

「わかった！　任せろ！」

ゼノヴィアはうなずき、そのデジタル機器のスイッチを押した。その瞬間だった——。

ウィイイインッ！

けたたましい機械音が自転車から発せられて、「ガゴンッ！」と何かが駆動していく！

見れば例の前輪後輪の突起物が動きだしていた！　突起物が下に移動して、そこから火を噴き始めた！

ゴォォォォォォッ！

突起物——いや、ロケットは激しく火を噴かし、しだいにゼノヴィアごと自転車を浮かし始めた！

「おおっ、この自転車は飛ぶのか？　見ろ、アーシア。この自転車は空力が──」

ビュウゥゥゥウゥンッ！

何かを言いかけたゼノヴィアと共に自転車が勢いよく空中へ飛び出していった！

…………。

上空を見上げながら呆気《あっけ》に取られる俺とアーシア、イリナ。俺たちを残して、ゼノヴィアと自転車は徐々に高度を上げていき、そしてしだいに見えなくなっていった──。

天空でキラリと星が光ったように思えた。真っ昼間なのに──。

……本当、何をしにきたんだ、ゼノヴィアのやつ……っ！　空力がどうしたと言いたかったんだ⁉　てか、空力どころの話じゃないだろう、あの自転車！　ロケットじゃん！　天国行きの片道切符じゃん！　だから言っただろう！　アザゼル先生が製作したものなんてろくでもないものしかないって！

……ま、まあいい！

俺はコホンと咳払《せきばら》いをして、気を取り直した。

「さて、アーシア。練習を再開しよう」

「──っ！　そ、そんな、イッセーさん！　ゼノヴィアさんがお空から帰ってきませせん！」

天空に指を突きつけ、必死に訴えてくるアーシア。

「お、俺にも救えない命がある！」

俺は顔を背け、そう答えるだけだった。

だって、無理じゃん！　自転車で天に昇っていったあいつを誰が止められるんだよ！

いきなりロケット噴かして自転車で飛んでいったんだぞ⁉

「ゼノヴィアはアーシアの代わりに星になったんだ！　もし、アーシアがあれに乗っていたらどうなっていたと思う？　……ゼノヴィアは先生の邪悪な計画の犠牲になったんだ……！　そう思うことで自転車の練習を再開しよう、アーシア！」

そんないい加減なことを言ってアーシアをなだめようしていたら――。

「こんなところに素敵な自転車があるにょ」

――ッ⁉　聞き覚えのある野太い男性の声ッッ！　振り返ればそこには見事な肉体を持つゴスロリ衣装の漢《おとこ》がいた！　ミルたんじゃねぇか！　なんでこういろいろとトラブル的なものが次々と飛び込んでくるんだよ！

頭を抱える俺をよそにミルたんは、イリナが注文した天界製の自転車を興味深そうに見つめていた。

「……この自転車から魔法力を感じてならないにょ」

自転車に対する謎の神秘性を口にしたミルたんは、吸い寄せられるように自転車にまたがった。止めようか、止めまいか苦慮する俺をおいて、ミルたんは豪快なペダリングで自転車を颯爽《さっそう》と漕《こ》ぎだして――。

パァァァァッ。

突如、自転車とミルたんが神々しい輝きに包まれていく――。そして、鍛え上げられた肉体の背中から純白の翼が出現して自転車と共に空中に駆けだしていった。

――天使となったミルたんが、自転車と一緒に飛んでる！

衝撃を受ける俺は、あまりにもあんまりな絵面に渋い顔をすることしかできなかった！

聖なる加護を得た漢《おとこ》の娘《こ》が天使となって空を飛ぶ――。地獄絵図もいいところじゃないか！

あの自転車、乗っているヒトにあんな効果を出したあと、空に飛び立つのかよ！　天界製とかいって先生の作ったロケット自転車となんら変わらなくね!?

「この自転車、すごいにょッ！　ついにミルたんは魔法世界への転移手段を手に入れたんだにょぉぉぉぉぉオオオオオッッ！」

獣のように重厚な咆哮《ほうこう》をあげて、ミルたん（天使バージョン）と天界製自転車は空へ羽ばたいていった――。一匹の魔物が飛翔《ひしょう》したとしか思えない状況だ。

やべぇよ！　――今日に限って、頭の悪い展開が連続で起こってる！

「もう！　アーシアの自転車の練習をさせてくれよ、おまえらぁぁぁっ！」

俺は空に向かって慟哭《どうこく》するしかなかった。


―○●○―


「はい。はい、おっしゃっていることはわかります。しかしですね、ゼノヴィアが乗っていたほうは堕天使側の総督が用意したものでして……。え？　ゴスロリのトロル？　覚えのあるようなないような……」

ゼノヴィアとミルたんが天空に旅立って三十分ほど。俺たちは休憩していた。

で、電話を持って見えぬ相手に頭をペコペコ下げながら応対しているのはイリナだった。

あのあと、少し経《た》って天界から連絡があったんだ。なんでも、自転車に乗った者が二名、天界に闖入《ちんにゅう》してきたらしい。

一人は先生の作ったロケット自転車で星になったゼノヴィア。そして、もう一人はおそらく天使と化して天界製自転車と共に上空へ舞い上がったミルたんだろう。

両名共に天界にたどり着いたらしい。……あの自転車、天界に行けるのかよ。てか、そんな方法で天界の門を潜《くぐ》れるの⁉　今日はアーシアの付き添いなのに、なんで天界行きの自転車二台が大暴れしてんだよ！　ゼノヴィアとミルたんの自転車での天界入りとかバカじゃねぇの⁉　この公園は天界闖入者御用達《ごようたし》の発射基地かよ！

「自転車ってすごいですね、イッセーさん！　天界にまで行けるなんてスペシャルな乗り物です！」

アーシアちゃん！　違うのよ！　自転車は健全な一般市民が乗りこなす平和な乗り物なんです！　決して天国への片道切符車両なんかじゃないんだからね！

嘆くしかない俺は缶ジュースを一気に飲み干すと気持ちを切り替えてイリナに告げる。

「とにかく、アーシアの練習を進めないといけない。イリナも協力してくれ」

「あいあいさー！」

敬礼ポーズでイリナも応じてくれた。

そこからは本格的な練習再開だった。俺とイリナが交代で自転車の後部を支えて、アーシアが安定したペダリングをするまで離さないようにする。うまくなってきたところでパッと離すと最初は調子がいいが――やはりバランスを崩して転んでしまった。

何度も何度も転ぶけど、アーシアも諦めず懸命に自転車を起こしては乗り続けた。

午前中から始めた練習も休憩とお昼を挟んで、ついに夕方に突入していた。

うん。開始した頃こそ、全然ダメだったけど、少しずつ乗れるようになってきている。もう少しで一気に乗れそうなんだけどな。自転車って切っ掛けとなるバランスを覚えればすぐに上達するんだけどね……。運動の苦手なアーシアだとちょっとキツいか。

……しかし、突然、練習がしたいって何かあったんだろうか？　以前から乗れないことを気にはしていたけど、アーシアの日常レベルで不便になることはそんなにないような気もする。

「アーシア、突然練習がしたいってどうかしたのか？」

ふいにそのようなことを訊《き》いてみた。

するとアーシアは顔を真っ赤にして、もじもじとしだした。

「……えっと、その……」

口ごもるアーシアをイリナは肘でつつく。

「アーシアさん、言っちゃったほうがいいわ！　こういうのって宣言することで後には引けない気持ちになれるし、気合いも入るかも！」

イリナにそう言われて、アーシアは意を決したように俺に言った。

「あ、あの！　イッセーさん！　こ、今度、私と一緒にサイクリングでピクニックに行きませんか？」

——っ。ピクニックか。しかも自転車で？

アーシアは恥ずかしそうにしながら続ける。

「クラスのお友達とお話をしていたら、サイクリングでのピクニックを聞きまして……。それがとても楽しそうでしたから、私もイッセーさんと行けたらなーって……。も、もちろん、ゼノヴィアさんやイリナさんや桐生《きりゅう》さんとも自転車でお買い物に行けたらどんなに楽しいか。そういうことを考えていたら、やっぱり、乗れるようになりたくて……」

……そうだったのか。確かにサイクリングでの遠出は楽しい。俺も中学の頃、夏休みとかに松田《まつだ》や元浜《もとはま》と一緒にチャリで遠くまで駆け抜けたもんな。皆と一緒ならどこまでも遠くに行けそうな感覚はサイクリングの醍醐味《だいごみ》だ。

アーシアと自転車でピクニック。すっげえ楽しそうじゃん！

「俺、おにぎりとタマゴサンドな！」

俺がそう言うとアーシアはきょとんとした表情となる。

「え？」

「弁当さ。行こうぜ、サイクリング！　だからさ、練習して早く乗れるようになろう！」

「は、はい！」

俺の言葉を聞いて、アーシアは最高に輝く笑顔を見せてくれた。

よっしゃ！　じゃあ、もうひと練習といこうじゃないか！　日が暮れれば、悪魔の本領発揮でアーシアも乗れるようになるかもしれないしな！　夕飯時までがんばってみようぜ！

俺とイリナはまたまた自転車のうしろを支えて、アーシアのペダリングをサポートした。

漕ぎだして調子が上がってきてから離そうかというときだった──。

ゴォォォォォ……。

何かの噴出音が空から聞こえてきた。見上げれば──そこにはロケット自転車とゼノヴィアの姿が！　帰ってきたよ！　夕日をバックに天界から自転車で帰ってきちゃったよ！

チャリンコで空を飛んで帰ってきたゼノヴィアは、無事に地上へ降り立って俺たちを確認すると自転車のカゴに入っていた包み紙の物体をこちらに向けた。

「天界の土産だぞ。天界名産のゴッドまんじゅうだそうだ。偉大なるセラフのお一人ウリエルさまが持たせてくれた。グレモリー家によろしくと言われたぞ」

「いや、おまえもう家に帰れよ！　なに『天界へお宅訪問』みたいなことしてんだよ！」

俺はもうそれしか言えなかった。こいつは今日何をしに公園に来たんだよ！　自転車で天界に行って帰ってきただけじゃないか！　しかも楽しんできただろう⁉　行きには身につけてなかった茨の冠とか頭につけてるもんな！　天界で保護された上に土産までもらってきたのかよ⁉　いや、その一連の流れは十分にぶっ飛んだ話だけどさ！

「イッセーさーん！」

うん？　アーシアの一際《ひときわ》大きい声が聞こえてきた。見れば——アーシアが自転車を漕いでる！　って、俺とイリナはゼノヴィアの帰還に驚いて、ついアーシアの乗る自転車から手を離してしまっていたのか！　けど、アーシアは俺たちが支えてなくても乗れてる！

「おおっ！　アーシア！　乗れてるじゃん！」

「はい、イッセーさん！　私、乗れました！」

まだ動きがぎこちないけど、一人で動かしてる！　やった！　ついにアーシアは自転車に乗れるようになったぞ！　歓喜の渦に包まれた俺がアーシアに駆け寄ろうとすると、天空から謎の気配を感じてしまった。

ヒユゥゥゥゥウン……。

何かが激しく落下してくる音と共に——、

「にょぉぉぉぉぉぉぉおおおおおっ！」

聞き覚えのある野太い声の悲鳴がぁぁぁぁっ！　しかも俺の上空から⁉

見上げれば、見たくもなかった筋骨隆々の漢《おとこ》の娘《こ》の姿が！　すっかり忘れていた！　そうだった！　こ、この漢《おとこ》も天に昇っていったままだったんだ！　しかし、なんでこのタイミングで——。

「俺のところに落ちてくんだよぉぉぉっ！」

ズドォォォオオオンッ。

……天空から落下してきたミルたんに俺は押し潰されてしまったのだった。

………ぐふっ。毎度、こんな役ばかりだ。

ミルたんの巨軀《きょく》の下敷きになりながらも俺は、薄れていく意識のなかでアーシアの成長ぶりを喜んでいた。

やったな、アーシア！

後日、俺とアーシアは弁当持参でサイクリングを決行した。金髪美少女とのサイクリングデートだなんて、かなりの青春を感じたよ！　アーシアの弁当もうまかったし、文句なしだ！

「二人乗りも夢のようでしたけれど、イッセーさんと一緒に走るのもとっても素敵です」

アーシアが笑顔でいてくれるなら俺はなんだって楽しいよ。

例の天界にも行ける先生製作のロケット自転車は問答無用で封印となった。あんなので天界に来られても天界側も困る、という理由だった。天界製のもどうかと思うけど……。

まあ、その話は今度ということで！　アーシアの自転車練習は無事完了！

兵藤家にて

「ただいまー。って初代さま!?」

「お邪魔してるわ、リアスちゃん」

「じつは……こういう理由で」

「いろいろ聞かせてもらったわ。
リアスちゃんの眷属、
みんな面白い子揃いねぇ」

「ええ、私にとって自慢です……!」

「リアスちゃんたちの
悪魔のお仕事の話も聞きたいわー。
頑張ってるんでしょ?」

「じゃあ、その話を少し」

Life.4　賽銭箱奇譚

とある日の休日、俺と朱乃《あけの》さん、アーシア、小猫《こねこ》ちゃんの四人は朝から隣県の山奥にある神社に来ていた。

悪魔である俺たちがなんで神社にって？　それはまあ、いつもながらの悪魔のお仕事でして……。

「……イッセー先輩、この神具はそちらにお願いします」

小猫ちゃんが蔵からおっきな神棚やらしめ縄やらを抱えてきて、俺に渡してくる。

「おっとっと！　オーケー、持ったよ」

俺はそれを受けて外に持ち運んでいく。俺と小猫ちゃんは神具が収められている蔵の整理をお願いされていた。神棚やらを外に出してから蔵の中を清掃していく。

なんで神聖な場所である神社に俺たち悪魔が足を踏み入れているのか？

そう、神社からのお願いとは、神社の大掃除、そして改装だった。

本来、神社は日本の神さまが祀《まつ》られているところなので、魔なる存在である俺たち悪魔は近づくことすら叶《かな》わない。それでもここに俺たちがいられるのは、ここに祀られている神さま、または神主さんが許可してくれているからだ。

まあ、神具を抱えるたびにチクチクと体に痛みが走るわけだが……。おそらく、悪魔ゆえのダメージなんだろうな。そりゃ、神具を持ってればダメージぐらい喰《く》らうよな。いちおう、間に何かを挟んだりして直接は触れていない。それでもチクチクする。

……神社の関係者が悪魔の侵入を許すってのもおかしな話だが、他に頼れる相手もいないってことで依頼を受けているわけなんだけど……。

確かにこの神社、お金はあまりかけてなさそうな雰囲気だ。

本殿に来る途中、長い石段を上ってきたけど、周囲の風景や様子から察しても整備されているとは言い難《がた》く、雑草や落ち葉などで荒れ放題だった。

肝心な社のほうも人気がなく、日当たりも悪いせいか、軽くホラーな様相を見せていた。

「日本の神社でお仕事できるなんて光栄ですね」

箒《ほうき》で境内を掃いて回っているのはアーシアだ。元シスターであるアーシアからしてみれば異教の社で活動しているわけだけど、本人は楽しそうだ。

しかも巫女服《みこふく》！　いいよね、金髪美少女の巫女服って！　ミスマッチかなと思いつつもハイセンスな組み合わせだと思えるぜ！

ここに着いた途端に神主から渡されたんだ。郷に入れば郷に従えと言わんばかりに神社で巫女服を着用。

「あらあら、お札のお焚《た》きあげを悪魔がしてもいいのかしら……」

同じく巫女服でお困りなのは朱乃さんだった。

段ボール箱いっぱいのお札やらお守りやらを抱えて対応に困っているようだ。

さすがにお札やお守りに悪魔が関与するのはマズいよな。

持ったらダメージ受けそうだし、何より悪魔が焚きあげていいものなのか。

「ええ、それは私が焚きあげましょう」

そう言いながら現れたのは中年の男性。神主さんだった。俺たちの依頼人でもある。

神主さんは朱乃さんから段ボール箱を受け取ると続けざまに言った。

「朝からお手伝いでお疲れでしょうから、これを終えたら一旦休憩にしましょう」

そのお焚きあげが済んだあと、俺たちは休憩を挟むことになった。

「いやー、神社専門の悪魔がいるなんて思いもしなかったものですから」

笑いながらそう言うのは神主さんだった。

俺たちは午前の清掃を終えて、休憩所で茶を出してもらっていた。

神主さんは茶をすすりながら話を続ける。

「私がいつもお願いを聞いていただいている悪魔さんにこの神社のことを話したら、グレモリーさんのところをご紹介くださったんですよ。なんでも神社に精通した方がいらっしゃるというものですから」

「うふふ、それはどうもありがとうございます」

笑顔で応対する朱乃さん。

そう、神社専門の悪魔っていうのが朱乃さんだ。朱乃さんは出自もそうだけど、以前の住まいも古びた神社だったから、この手の話には強そうだ。

グレモリーとは別の縄張りを持つ悪魔から、今回の依頼が届いたのはつい先日だった。お抱えのお客が神社を改装したいそうだから、なんとかしてもらえないだろうか？

——と。

特に断る理由もなかったので、朱乃さんは受諾することにしたんだ。——で、依頼内容からして一人では時間がかかりそうだったので俺たちも手伝うことになった。

朱乃さんは悪魔が境内で、ある程度自由に活動できるという独自の術式を開発しているため、俺たちは不自由なく体を動かせている。

いくら神さまや神主さんの許しがあったって、限度はあるからね。朱乃さんの魔力が俺たちの境内での活動をフォローしてくれているんだ。

ちなみにこの術式は非公開。だって、他の悪魔がこれを知ったら各地の神社で悪さをするかもしれないからね。

そのようなことで悪魔が日本の神さまに敵対行動を取ったら、勢力的に大問題になってしまう。

……まあ、悪魔にお願いする神主さんってのも相当ダメだとは思うんだが……。

「しかし、助かりました。私、本当に他にアテがなかったものですから。独り身ですし……悪魔さんぐらいしか話し相手もいなくて」

神主さんは苦笑いしながらそう言ってくれるが……悪魔しか話し相手がいないってのも悲しいもんだな。

「神社を改装して、何をするつもりなんですか？　いままであまり手を入れてなかったようですし、どうして今回に限って？」

俺の質問だった。ちょっと疑問だったんだ。突然、悪魔の手を借りてまで大きく境内の改装をするだなんてさ。大工さんとかに頼んだほうが早かったのではないかと思ってしまう。

俺の質問に神主さんは目をきりりとさせる。

「ええ、実はここをいわゆるパワースポットとして有名にさせようかなと思いまして」

「パワースポット……ですか？」

アーシアの言葉に神主さんはうなずく。

「この神社をパワースポットとして紹介することで、観光名所となり、参拝客がわっさわっさと集まるような場所にしたいのです！　神主という役職を担《にな》う以上は神社を盛り上げていきたい！　と、最近、一大決心をしまして。それを皆さんにご協力願いたいのです」

神主さんは力強く説明してくれたが……。

お考えはご立派。このままこの神社をさびれさせるよりはマシだろう。

しかし、悪魔にそれを聞かせて、手伝わせるというのは神主としてどうなんだろうか……。神主さんは続けて言う。

「もともと資金難の神社でして……。わずかな実入りも悪魔さんへのお願いで消えていくというか……。だからこそ、一念発起して盛り上げたいのです！」

ダメな神主さんだな！　まあ、こんなさびれた神社じゃ資金難は当然だしさ。しかもわずかな収入も悪魔に注《つ》ぎ込むなんて！　神さま、怒ってOKです！

「……でも、パワースポットはそう簡単にできません」

と、小猫ちゃんは言う。へー、そうなのか。

「……実際にパワーがなくても観光してもらえるだけでもいいんで」

あ、神主さんが妥協した。それを受けて朱乃さんは何やら考え込んでいる様子だった。

「ここの神さまはそれに関してどうなのでしょうか？　神主さんはそちらの力にも精通してそうですし、ここに祀られている神さまとも通じてらっしゃいますわよね？」

朱乃さんからの質問だった。朱乃さんの言葉から察するに、神主さんは特別な力——霊的なものを有しているから、この神社の神さまとも会ったことがあるのだろう。力がないのに神主をやっているヒトってのが一般的だそうだからね。

その神主さんから一大決心を聞いて、ここの神さまはどう思ったのか？　——朱乃さんはそれを聞きたかったのだろう。

「好きにやれ——と。案外、自由にさせてもらってます。まあ、あそこまで神社を放置しておいて私にバチのひとつも下されない寛容な方でして」

……ま、まあね。心霊スポット一歩手前まで放置しても怒らなかった神さまのようだから、その辺、無頓着なのかもしれないね。

「ちなみにここの神さまはどなたなんですか？」

俺が訊《き》く。その無頓着な神さまにちょっと興味が湧いた。

「……雷神さまのお一人、火雷神《ほのいかづちのかみ》さまだそうです」

小猫ちゃんがそう答えてくれた。

あ、雷神さま。ほ、ほのいかづちのかみさま、か。

でも、雷《いかずち》の巫女、雷光の巫女と称される朱乃さんにふさわしい依頼だったのかもしれないな。巫女、神社、雷——と、朱乃さんから妙な縁《えん》を感じてしまった。

朱乃さんは神主さんからのお願いに首をひねっていた。

「……パワースポットというよりも人が集まるようにすればいいというのなら……」

対応策がまったくないわけでもなさそうな雰囲気だった。

「あ、あの……」

神主さんが小さく手をあげて、遠慮がちにこう続ける。

「差し支えなければ、もうひとつだけお願いを叶えてくださると大変光栄なのですが……。

その分、追加の報酬は払いますので……」

「ええ、かまいませんけれど」

朱乃さんが首をかしげながらも承諾した。

「実は——」

……神主さんからの新たな依頼はまた面倒くさいものだった。

―○●○―


深夜――。俺と朱乃《あけの》さん、アーシア、小猫《こねこ》ちゃんの四人は神社付近の森のなかにいた。

……神主さんからの新たな依頼を片付けるためだ。

神主さんからの依頼――それは三つの困り事への対応だった。

ひとつは、深夜の森で夜な夜な大勢の亡霊が現れて、近隣住人を怖がらせていること。

ふたつめは、同じく森で丑《うし》の刻参りがおこなわれているようで、近隣住人から評判が悪いこと。

みっつめは、夜に現れる賽銭《さいせん》泥棒を捕まえて欲しいということ。

……三つが三つとも酷《ひど》い有様《ありさま》というか。そりゃ、お化けに丑の刻参りに盗人《ぬすっと》まで出るんじゃ、この神社が人気もなくてさびれていく一方なのもうなずけるものだわ。

マジで心霊スポットだったんだな、ここ……。

――で、俺たちがやることは亡霊を排除して、丑の刻参りしている者に警告を発して、盗人も捕まえること。そうしないと神社の改装計画どころじゃないようだ。

「……なんで、俺たち、霊媒師や警察の仕事をやらなくちゃいけないんだ」

ため息しか出ない俺だった。

「でも、困っている方がいらっしゃるのですから、ご依頼を受けたらきちんと果たさないといけませんよ」

アーシアが笑顔でそう言う。隣で小猫ちゃんもうんうんうなずいていた。

ああ、キミたちはなんていい子なんだろうか！　そうだね！　その通りだ！　俺もがんばります！

気持ちを新たにして森を探索することに。

周囲は暗黒だ。明かりは一切ない。俺たちは悪魔で夜目が利《き》くからいいけど、普通の人間がこんなところに来たらつまずいたり、木々にぶつかったりしてケガするだろうな。

とりあえず、人間に出会ったら幻術をかけて、催眠によって人里に連れていく。

亡霊の場合は成仏《じょうぶつ》してくれるよう話しかける。ダメだったら力尽《ちからず》くで消えてもらうしかないっと。……俺、いちおう悪魔だから、その辺の怨霊《おんりょう》程度ならドラゴンショットで一発っちゃ一発なんだが……それでもお化けと出会うのは怖いね。

「はうぅ、やっぱり、深夜の森は怖いですね……」

俺の背中に張りついているアーシア。さっきの頼もしさはどこへやら。まあ、かわいいからいいんだけどね！

「……何やら気配を感じます」

小猫ちゃんが何かを感じ取って、前方を指さした。

俺たちは身を屈《かが》めてそろりそろりと近づいていく。

そこには──鎧《よろい》武者《むしゃ》の集団が！

うわっ！　落ち武者の亡霊かよ！　パッと見、十数体！　なんだか、周囲に人魂《ひとだま》らしき炎の揺らめきまで見えやがる！　うーむ、話してダメなら、強制排除ということで！

まあ、この程度なら俺一人でも片付けられるだろう。

俺は深呼吸をしてから、前方に勢いよく飛びだしていった。

「やいやいやい！　お化けども、ここの森は──」

物申してやると勇んだのはいいんだけど、次に聞こえてきたのは──、

「「「「キャーッ！」」」」

という女性の悲鳴だった！　しかも聞こえてきたのは──落ち武者たちのほうから！

お、落ち武者がぶるぶると震えながら抱き合ったり、身をよじったりしていた！

ええええええええええええええええええええっ⁉

どういうこと⁉　落ち武者のあり得ない反応にただただ驚く俺だったが……。

「イッセー先輩、そのヒトたち、人間です。亡霊じゃないです」

と、小猫ちゃんがそう告げてきた！

マジかよ！　人間さんですか⁉　落ち武者の⁉　って、このシチュエーション！　知ってる！　こんなふうに武者の鎧を着込んだ女子が知り合いにいるんですけど！

「……あ、あの、驚かせちゃってすみません。俺、その神社の関係者でして、ここで夜な夜な落ち武者の亡霊が出ると噂《うわさ》されていて、真相を確かめるためにここに来たんですけど……？」

いちおうの説明をすると、落ち武者の一人がクスンクスンと泣きながら言う。

「……そ、そうだったんですか。……わ、私たち、落ち武者研究会の大学生でして、深夜にこの森で落ち武者体験会を開いていたんです……ご迷惑だったんですね……」

「落ち武者研究会⁉　なんですか、その意味不明なサークルは⁉　しかも落ち武者体験会って！　深夜の森でやらなくちゃいけないことなんですか⁉」

大変ご迷惑でしたよ！　なんてこった！　亡霊の正体が武者の格好をした女子大学生だったなんて！　スーザンを思いだすぜ！　もしかして女子大学生の間で鎧武者の格好が流行《はや》ってんのか⁉

困惑する俺に落ち武者女子大生の一人がピースサインを向けてくる。

「いま流行りの歴女でーす☆」

「どう見ても歴女ではないと思います！　変態武者女の集まりですって！」

鎧を着込んだ歴女なんて聞いたことも見たこともねぇよ！　いや、一人知ってるけどさ！　それにしても酷い亡霊の正体だ！

「まあまあ、イッセーくん。とりあえず、事情だけ話しましょう」

朱乃さんは嘆息する俺にそう告げたあと、落ち武者研究会の皆さんに事情を説明したのだった。


落ち武者の集団を解散させた俺たちは次の場所に向かっていた。

今度は夜な夜なおこなわれているという丑の刻参りだ。……丑の刻参りってあれだよな、白装束を着込んで呪いのわら人形に釘《くぎ》を打ちつけるってやつ。

朱乃さんが言う。

「丑の刻参り、古来おこなわれている呪法のひとつですわね。正式な呪いとは言えないけれど、力を持った者や、呪いに弱い体質の方が関与するとたちまち効果を示します」

なるほど、一般人がやる分には大したことがないが、霊感の強いヒトが関係すると効果を発揮するわけね。……やっぱり、怖いおこないじゃないか。

まったく、こんな深夜に一人でそんなことをするなんてさ。

でもまあ、それだけ相手が憎いからこそなんだろう。

「……そのおこないを他者に見られただけで効果は失いますから。私たちに発見された瞬間にそのヒトの呪いも終わりです」

小猫ちゃんが追加の説明をしてくれた。あ、そういうルールなのね。じゃあ、手っ取り早くとっちめて人里に帰そう。

気合いを入れて森を進むこと数分――。

カツーン、カツーンという、何かを打ちつける音が森に木霊《こだま》する。

「はぅぅっ！　の、呪いの儀式中なのでしょうか……！」

アーシアが俺にしがみつきながらそう言う。……なのかもしれないね。

どちらにしても呪いの現場なんて、見て見ぬふりなんて出来やしない。ここはまたまた俺が出てってひとつ注意でもしてきましょう！

「そこのヒト！　深夜の丑の刻参りは――」

飛び出していった俺はそこまで言いかけて、我が目を疑った。

「はい！　次、レフト！」

「はい、主将！」

「きちんと取れないと次の試合で勝てないぞ！　いいな、皆《みんな》！」

「「「「「「はい！」」」」」」

俺たちの眼前に広がったのは——野球の練習をしている甲冑《かっちゅう》騎士の軍団だった！

……甲冑騎士かよぉぉおおっ！

じゃあ、さっきのカツーン、カツーンって何かを打ちつける音は、バットでボールを打つ音なの⁉　カツーンじゃなくて、カキーン⁉

まさか、丑の刻参りだと思われたものは、甲冑騎士軍団の野球の練習だったのかよ⁉

あまりに酷すぎるオチだ！　まだ丑の刻参りに来たヒトを注意したほうがマシだった！

……何はともあれ、俺はこのヒトたちにも事情を話すことにした。

なんでも彼らは『甲冑騎士ベースボール研究会』という意味不明の集団らしく、やはり、さっきの落ち武者軍団と同じく、大学生だった……。

……なんだ、これ。この辺の大学生は武者の鎧や甲冑を着込まないと活動できない呪いでも受けているのか……？

彼らも事情を話したら、即解散してくれた。なんでも野球の練習場所を探していたということらしい……。もはや、ツッコミどころ満載すぎて、突っ込む気力を失うほどだ。

……彼女ら、彼らは鎧武者のスーザンと甲冑騎士の堀井《ほりい》さんと同じ大学だと思うんだ。

てか、鎧を着た落ち武者歴女と野球をする男子甲冑騎士のサークルがある大学ってどんな大学だよ！

「……疲れる。俺、悪魔になってから変人としか遭遇しないんだけど、どういうことなんだろうか……？」

ただただ嘆く俺。……近辺にいる悪魔のほうがよっぽどヒトらしく感じられてならない。

「うふふ、それも縁《えにし》ですわよ」

なんてことを朱乃さんは微笑《ほほえ》みながら言ってくれるけど……。

「……そんな縁なんて願い下げですよ。つーか、もしかしてスーザンと堀井さんってここで出会ったんじゃないだろうな……。あの神社、出会いの御利益《ごりやく》でもあるのかね……」

俺がそのように嘆息しながら独りごちていたら、朱乃さんが反応していた。

「……出会い……男と女……そうね、それはいけそうだわ」

何か閃《ひらめ》いたかのような表情だった。これは神社の改装計画も期待できそうだ。

「──って、最後の賽銭泥棒でも見張りますか」

俺たちは森を抜け出て、境内に戻ってきた。賽銭箱が見える物陰に隠れて、泥棒が出てくるまで待つ。……まあ、今日出てくるとも限らないんだが……。

「うふふ」

ふいに朱乃《あけの》さんが小さな笑いを漏らす。俺たちが訝《いぶか》しげに首をかしげていると、朱乃さんは話し始める。

「いきなり笑ってしまってごめんなさいね。けれど、楽しいものですから」

「楽しい？」

俺が訊《き》くと朱乃さんはうなずく。

「ええ、とっても楽しいですわ。神社やお寺からのお仕事は私一人でやった頃もあったものですから。いまはイッセーくんや小猫《こねこ》ちゃん、アーシアちゃんも付いてきてくれますものね。それがとても心強くて、うれしいの」

――っ。

そっか、まだ眷属《けんぞく》が揃《そろ》わなかった頃は、少ない人数で仕事を回し合っていたって聞いたことあったたな。去年だって、俺とアーシアが部にいなかったわけだし、こうやってひとつの仕事に複数の人員を割くことも叶《かな》わなかったわけだ。

俺は朱乃さんに真っ正面から伝えた。

「俺！　朱乃さんが困っていたら、いつだって助けにいきますよ！」

「私もです！」

「……同じく」

アーシアと小猫ちゃんも続いてくれた！　そうさ、副部長が困っていたら、俺たち部員は助けて当然なんだ！

俺たちの言葉を受けて、朱乃さんは表情を柔らかくして一言のべる。

「ありがとう、うれしいわ」

なんともかわいらしい笑顔でおっしゃってくださる！　くーっ！　やっぱり、朱乃さんの笑顔は最高の――、

「……あれ！」

部員同士の交流が深まろうとしているなか、小猫ちゃんが本殿のほうに指をさした。

そちらに視線を向けると――何やら賽銭箱《さいせんばこ》の辺りでごそごそと人影がうごめいている。

ど、泥棒か！　皆と目配せしたあと、気配を殺してそろりそろりと全員で近づいていく。

そして――！

「この賽銭泥棒！」

皆で一斉に飛びかかった！　泥棒は体をびくつかせながら俺たちの為《な》すがままに捕縛されていく！

「な、何事!?」

なんてことを言ってくれるが、泥棒め！　何事もクソもないだろう！

「観念しろ、賽銭泥棒！　さあ、面を拝見させてもらおうか！」

とっつかまえた泥棒の姿を拝見したら……歴史の書物にイラスト付きで出てきそうな古い衣類を身に着けていた。古代の日本人が着ていたような……衣褌《きぬはかま》だっけ？　それを着た中年の男性だった。

「あらあら、もしかして、火雷神《ほのいかづちのかみ》さまでいらっしゃいますか？」

朱乃さんがその男性に問うと「いかにも」と返されてしまう！

「え!?　ここの神さま!?」

そう、泥棒の正体はこの神社に祀《まつ》られている神さまだった。


「いやはや！　悪魔に捕まるとはまいったもんだ！」

ガハハハと例の休憩所で豪快に笑うのは――火雷神《ほのいかづちのかみ》さまだった。

隣で神主さんが俺たちに頭を下げる。

「すみませんでした。まさか、賽銭泥棒の正体が火雷神《ほのいかづちのかみ》さまだったとは……」

このお方がこの神社の神さま――火雷神《ほのいかづちのかみ》。全国に数ある雷神さまのお一人でもあるそうだ。姿形に特に意味もなく、それっぽい格好で現世に現れると説明を受けた。

その神さまが言うには、

「なに、ちょっと先立つものが欲しくなって、賽銭箱から拝借してたのだよ！　ほら、もともとワシへのお賽銭だったわけだから、ちーとばかり抜いてもいいかなーと」

だそうでして……。神さまが賽銭箱から拝借ってのもなんだかなぁ……。確かにここの神さまに向けてのお賽銭なのは事実なんだけどさ……。

神主さんが火雷神《ほのいかづちのかみ》さまに言う。

「……火雷神《ほのいかづちのかみ》さま、先日もお伝えしたではございませんか。この神社をパワースポット、または観光名所にして盛り立てようとしているのですから。その資金となるであろうお賽銭を神自ら持ち出すなんて……」

「いやはや、すまん！　でも、おまえも神社の金を悪魔に投入していたではないか」

「うっ！　そ、それは……」

神さまも神主さんもどちらもダメダメじゃないか！　とんでもない神社だよ！

「神社の改装、再建の件ですけれど、良《い》い案が浮かびましたわ。ひとつ、私に任せていただけないでしょうか？」

と、朱乃さんが神主さんと火雷神《ほのいかづちのかみ》さまに営業スマイルで話を持ちかける。

……はて？　朱乃さんはいったい何を閃いたのだろうか？

―○●○―

あれからしばらくして、そこの神社はパワースポットとして若い女性の間で口コミで評判となって、多くの参拝客を呼び込んでいた。

俺たちもその評判を聞きつけて、久しぶりにその神社に赴いたんだけど……あのさびれていた神社がウソのように人で溢《あふ》れていた。本殿のほうは俺たちがあのあと改修して見られるようにしたが、これだけ人が来ていると圧巻だな。

「はー、すごい参拝客ですね。ところで、朱乃さんはいったい何を施したんですか？」

「うふふ、あれですわ」

俺の問いかけに朱乃さんがとある方向を指で示す。

境内の隅に長細い体――東洋型の赤い龍《ウェルシュ・ドラゴン》と巫女《みこ》が寄り添うように並ぶ石像があった。前に来たときはなかったものだ。

「恋愛――縁結びに御利益がありそうな噂《うわさ》をギャスパーくんにインターネットで広めてもらって、なおかつ古く見えるように作ったあの石像をここに置きましたわ。まるで昔からその石像がここにあったかのように。噂がきちんと機能するかは賭けでしたけれど、どうやら多くの女性を取り込めたみたいですわね」

はー、朱乃さんはそのようなことをこの神社に施したのか。結果、大繁盛《だいはんじょう》ってわけだ。話では、あの赤い龍と巫女の石像に触ると縁結びに御利益があるそうで。その辺は火雷神《ほのいかづちのかみ》さまが独自のルートで恋愛の神さまに頼んでお呪《まじな》いをこめてもらったようだ。

本来相容《あいい》れない者同士――龍と巫女が愛し合ったという物語をでっち上げたという。そういうの女性は好きそうだもんな。

おかげで神社は大繁盛してる。お守りやお札の売り場は女性客が群がってるし。本当のパワースポットとしての機能はないけど、石像のおかげで観光の名所にはなるだろう。

ま、まあ、悪魔が協力したってのがアレかもしれないけど……。ここの神さまも神主さんも大満足しているようだし、結果オーライってやつ？

朱乃さんも他の女性同様、その石像に触れていく。心なしか、像の巫女が朱乃さんに見えるような……。そんなふうに思っていた俺に朱乃さんは満面の笑みで言った。

「私のお願いもきっと叶うと信じてますわ。うふふ」

その日一日、朱乃さんはとっても上機嫌だった。

Life.5　夢のタッグバトル・ガールズ

ある日の午後。

昼食を終えて部室でまったりしていた俺のもとに小猫ちゃんと――レイヴェルが難しい表情で現れた。

彼女たちは開口一番こう言った。

「……イッセー先輩、お願いがあります」

「私たちの特訓に付き合ってくださいませ！」

突然のことに俺は――。

「……へ？」

としか、そのときは返せなかった。

特訓に付き合って欲しい――。

後輩女子二人が俺にそう言ってきたのは、レイヴェルが俺の家に下宿するようになり、転入先の駒王学園《くおうがくえん》での生活も慣れた頃だった。

そして、次の休日。その特訓が始まることになる。

グレモリー家の財力によって、夏休みに大々的にリフォームされた兵藤《ひょうどう》家は、地上六階、地下三階という大豪邸になったわけだが、地下一階に広いトレーニングルームがあり、そこに俺と小猫《こねこ》ちゃん、レイヴェルの三人が集まっていた。

駒王学園指定の体操着に着替えた小猫ちゃんとレイヴェルは気合い十分で、トレーニングルームに備え付けられているサンドバッグに拳を打ち付けていた。

「……あの狼男《おおかみおとこ》とリザードマン」

「絶対に許しませんわ！」

二人は怒りの炎を瞳に乗せて、ひたすらサンドバッグを叩《たた》き続ける。

二人が特訓を俺に申し出た上、怒りに燃えているのには理由があった。

先日のことだ。小猫ちゃんが悪魔のお仕事で呼びだされた際に、契約先の人間からケンカを売られたというのだ。

「キミと僕の友達、どっちが強いのかな？」——と。

相手は——なんと魔物を使役する「魔物使い」の男性だった。

しかもその男性は、駒王学園のテニス部の部長で同じく魔物使いの安倍清芽《あべきよめ》先輩の従兄弟《いとこ》だというから世間は狭いと感じてならない。

その安倍先輩の従兄弟は、自分が引き連れている獣人《ライカンスロープ》――狼男とリザードマンの実力を試したくて、この町を縄張りにする悪魔、つまり俺たちグレモリー眷属《けんぞく》を呼びだしたというわけだ。

その魔物使いの男性は俺たちの噂を従姉妹《いとこ》の安倍先輩から聞いていたのだろう。

偶然にもその呼びだしに応じてしまったのが小猫ちゃんだった。

当の小猫ちゃんは呼びだされた先で相当な罵詈《ばり》雑言を受けたらしく、珍しく顔を怒りに歪《ゆが》ませながら部室に帰還してきた。

その後、いろいろあって、小猫ちゃんと魔物使いが使役する獣人とのバトルが決定したんだ。

安倍先輩はこちらに従兄弟の非礼を謝ってきたけど、うちのお姉さま方は「まあ、おもしろそうだから、やらせてみるわ」の一言で笑って済ませてしまった。

相変わらず、うちのご主人さまは挑戦事に関してなんでもござれだ。

――で、ケンカを買うことになった小猫ちゃん。気合いは十分であり、プレッシャーすら感じるほど、闘志に充《み》ち満ちている。

「……あの魔物使いが使役していた狼男……私をチビ猫、猫臭い……おしっこ臭いって言い放ちました……っ！　絶対に許しません！　拳打で腹筋を抉《えぐ》ります！」

そう語気を強めながら言葉を発して、小猫ちゃんは渾身《こんしん》のパンチをサンドバッグに放っていた！

留め具を壊されたサンドバッグが勢いよく吹っ飛ばされていき、壁に激突する！

……変わらずのバカ力なり！　生身の俺があんなの食らったら一発KOっス！

「そうですわ！　小猫さんの言う通りです！　あんなワンちゃんとトカゲ人間なんて燃やしてしかるべきです！」

その隣では、背中から炎の翼を生やしながらレイヴェルがサンドバッグをベシンベシンと打ち込んでいた。

気迫は感じるが、小猫ちゃんと比べるといささか、いや、かなりパワーが劣る。ま、まあ、レイヴェルは魔力重視――ウィザードタイプだからな。直接のパワーは小猫ちゃんに劣るだろうさ。

ただ、こんなにかわいいのに特性は不死身。ちょっとやそっとじゃレイヴェルをダウンさせられないだろう。

さて、ここで問題なのが、どうしてレイヴェルまで特訓をしているのか？

理由は……なんというか、お節介焼きだからだろう。

「エレガントではありませんわ」

小猫ちゃんから話を聞いたレイヴェルの開口一番がそれだった。

ケンカを売られたから買うなんて行為は、生粋の貴族育ちのレイヴェルにとって、下賤《げせん》なものらしく、しかも相手が悪魔ですらないと知れば手を出す必要なんてないと言った。

……売られたケンカを買ってばかりのグレモリー眷属なんですが、レイヴェル的にそれはそれ、これはこれ、なのだろうか？

俺としても申し訳ない気持ちでいっぱいだ。すみません、ケンカっ早い眷属ばかりで……。いちおう、俺たちは上級悪魔の眷属をやっております！

とにかく、事情を知ったレイヴェルは、件《くだん》の魔物使いのもとに自ら赴き、こう述べたという。

「私の級友は、かのグレモリー家の眷属ですわ。あなた方と戦うほど、ヒマではありませんし、何よりもケンカの売り買いなんて美しくもありませんわ。ここはフェニックス家の長女たる私の顔に免じて、今回の『悪魔との勝負』という依頼はお止《や》めになってくださいますよう言いに来ましたの。いかがでしょうか？」

直接その様子を見たわけではないが、きっとレイヴェルは高飛車に言いつけたんだろうなって、容易に想像できた。

それで、相手からの返答はというと――。

「へっ、フン臭い焼き鳥ガールがナマこいてんじゃねーよ！」

「あー、鳥臭い鳥臭い。しかも焦げ臭い」

と、最大級の侮蔑を狼男とリザードマンから受けて帰ってきた。

その表情は小猫ちゃん以上に憤怒《ふんぬ》に包まれ、家に到着するなり、燃えたぎる炎をバックに言った。

「……ワンちゃんとトカゲの丸焼きも乙ですわよね……っ！」

こうして、レイヴェルは口喧嘩《くちげんか》相手の小猫ちゃんと意気投合。コンビを結成して、狼男とリザードマンの両名と戦うことを誓ったんだ。

「……うちの依頼なんだから、首を突っ込んでこないで」

「何ですって！　私は小猫さんのためを思って行動してあげましたのに！　どちらにしましても、あの狼男とリザードマンは丸焼き確定ですわ！」

言い合いをしながらも振り上げる拳は力強い。

さて、肝心の件だ。練習に付き合うことになった――俺。

「とりあえず、スパーリングしてみようか。えーと、どっちからにする？」

「「もちろん、私から！」」

異口同音に言う二人。……まあ、気長にやっていこうかな。

練習に付き合ってわかったことがいくつか。

「……抉り込むように打つべし！」

グローブをつけた鋭い拳が俺に打ちだされる。俺が持つミットに、小気味の良《い》い打撃音と衝撃が伝わってきた。

まず小猫ちゃん。当然、『戦車《ルーク》』たる小猫ちゃんはパワーに優れていて、関節技、投げ技も得意だ。その狼男とリザードマンがどれほどの強者か知らないが、近づいてしまえば小猫ちゃんのほうに分があるだろう。

「炎の魔力は我が家の特性であり、象徴ですわ！」

次にレイヴェル。上級悪魔フェニックス家のご息女であるためか、やはり魔力に関してとても秀《ひい》でている。『僧侶《ビショップ》』の駒によって、底上げされている面も多分にあるため、放たれる炎の魔力は強力だ。このトレーニングルームが強固な造りでなかったら、今頃大火事になっているだろう。

そして何よりレイヴェルは不死身――。ダメージはすぐさま回復してしまう。精神――心が折れない限りは戦えるだろう。……俺もライザーを相手にしたときは不死身に大いに悩まされたからねぇ……。

レイヴェルも兄貴の付き合いでプロの試合を何度か体験しているだろうしな。実戦経験が少ないわけではない。

……まあ、聞いた話だとあんまりゲームで動かずに傍観することが多かったらしいが……。ライザーが危ない局面になるべく近づかないようにさせていたとかなんとかって。うし、一人一人の力量は把握してある。問題は二人の相性――コンビとして相手に通じるかどうかだ。

「二対二なんだろう？　じゃあ、二人同時に戦うことも視野に入れて当然。俺に同時に仕掛けてみてくれ」

禁手《バランス・ブレイカー》の鎧《よろい》状態と化した俺はパワーを抑えながら二人にそう言った。

二人はうなずき、一気に駆けだしてくるが――。

「……邪魔」

「あ、ちょっと！　そちらこそ、私の前に出てこないでくださいます⁉」

炎の翼を広げて前に向かおうとしたレイヴェルの前に小猫ちゃんが被《かぶ》った形となってし

まっていた。

どちらも先に仕掛けようとして、ファーストインパクトに失敗していた。

……息はまるで合ってないね。両者共に「私が私が」と前に出ようとするから、かみ合わないんだろうな。

普段の小猫ちゃんなら絶対にそんなことをしないが、相方がレイヴェルだからか、どうしても我先にとなりがちなんだろう。レイヴェルのほうも同様だと思う。

……うーん、言ってきくものなら、楽なんだが、果たして二人は短期間でコンビとして機能できるのかどうか……。

「…………」

首をひねる俺をじーっと見つめてくる小猫ちゃん。

「ん？　小猫ちゃん、どうかした？」

「……私たちからお願いしたとはいえ、いつも以上に真面目に取り組んでいるので……」

……感謝しつつも若干、訝《いぶか》しげな様子の小猫《こねこ》ちゃん。

……あ、相変わらず鋭い！　いや、そうじゃない！

俺は咳払《せきばら》いして、小猫ちゃんに真摯に伝える。

「当然じゃないか。小猫ちゃんとレイヴェルは俺の大切な後輩なんだ。狼男《おおかみおとこ》だか熊男だか知らないが、俺の後輩がそんな連中に負けるわけがない！　俺はいつだって最大限協力するよ！」

力強くそう告げるとレイヴェルが目を輝かせながら「さすがイッセーさまですわ！」と感動していた。

――が、小猫ちゃんは半分納得しつつも疑惑の色を表情に乗せたままだった。

彼女たちのサポートをするのは、いま言った通り本心からだ。かわいい後輩女子からの頼みを無下にできるはずもなく、むしろ協力を惜しまないと断言できる。

……けど、小猫ちゃんの疑惑の視線は概《おおむ》ね正しい。

というのも、今回の一件で安倍先輩からちょっとした申し出を受けまして……。

安倍先輩は小猫ちゃんとレイヴェルの実力を深くまで認識していないせいか、従兄弟のもとにいる狼男とリザードマンの力を少し恐れていた。

「……いくら塔城《とうじょう》小猫さんとレイヴェル・フェニックスさんが悪魔であろうと、あの獣人コンビが相手では苦戦するかもしれません。兵藤《ひょうどう》くん、どうか赤龍帝《せきりゅうてい》の力で二人を支えてあげてください。それと非礼を詫《わ》びるというわけではありませんけれど、兵藤くんに使い魔のアテをご紹介致しますわ」

安倍《あべ》先輩はそう言ってくれた。正直、その獣人相手に小猫ちゃんとレイヴェルが苦戦す

ると は思えないが、使い魔のアテはおいしい！

使い魔！　俺、まだ持っていないんだよね……。なんだか、強敵と出くわす割にはそういうところはいまだぺーぺーすぎるというか……。

いい機会だから使い魔もゲットというのは悪くない！　かわいい女の子の魔物を紹介してくれ！　――って言おうと思ったけど、俺の脳裏を過《よ》ぎるのはたくましすぎる雪女と大型魚類に足がついた人魚の姿だった。

そう、安倍先輩の魔物の趣味は相当悪い。いや、なかには上半身が美少女で下半身が蛇なラミアさんや手が翼のハーピーちゃんとかいるんだけど、俺が関わるのはことごとく人外中の人外、まさに魔獣と呼ぶに相応《ふさわ》しいフォルムの方々だった。

最初からそれらの美少女な魔物さんを期待して裏切られるぐらいなら、俺はあえて実用的なほうを選ぶ！

だから俺は最初から注文をつけたんだ。

――女性の衣服を融《と》かすスライムと、女性の体から分泌されるものを好物にしている触手を紹介してくれ、と。

そうさ、俺が欲《ほっ》したのはかつて死別した心の友――スラ太郎と触手丸の代わりだった。

ふふふ、スラ次郎、触手右衛門《えもん》、待っていてくれ。もうすぐ会えるぞ！

そして、俺の使い魔になったら、たっぷり活躍してもらうっ！　女性の衣類を融かして、触手ぬめぬめしようぜッッ！

「……やはり、スケベなことを考えてますね？」

ジト目で俺を捉える小猫ちゃん！

さすが小猫さまはチェックが厳しい！　けど、安心してほしい！　小猫ちゃんにスラ次郎たちを使いはしないぜ！　使ったらどうせ殺されるのがオチだしな！

「ハハハハ！　そんなことはともかく、練習再開だよ、小猫ちゃん、レイヴェル！　狼男とリザードマンをぶっ倒そうぜ！」

無理矢理《むりやり》気持ちを切り替えて二人にそう告げる！

「……まあ、それはわかってますけど」

「当然ですわ！」

なんだかんだで二人は気合い十分に俺とスパーリングをこなしたのだった。

こうして俺はあの日失ったものを取り返すため、二人との練習に明け暮れたのだった。

―○●○―

決戦当日の深夜――。

俺、小猫ちゃんとレイヴェルの三人が集まったのは指定された場所――駒王学園《くおうがくえん》の体育館だった。

体育館の中央には四角いリングが設置されており、実況席まで用意されていた。

『おーっと、ヘルキャット&フェニックスガールのコンビが登場致しました！　セコンドは赤龍帝の兵藤一誠《いっせい》くんです！　って、今日実況しますのは私、ミカエルさまのA《エース》こと紫藤《しどう》イリナでーす！　よろしくお願い致します！』

マイク音声で最高に盛り上がっているのはイリナだった！　何やってんのキミ⁉

『解説のゼノヴィアです。今日はよろしく』

『同じく解説の安倍清芽です。今日は魔物について解説できればと思っております』

イリナと共に実況席に座っているのはゼノヴィアと安倍先輩！

観客席も用意されているが、座っているのは数人に過ぎない。つーか、皆、小猫ちゃんたちのケンカをどんだけ楽しみにして用意してたんだよ！　リングに実況に観客席ってさ！　準備万全すぎるだろ！

つーか、俺ってセコンドなの⁉　聞いてすらいなかったよ！　練習に付き合っただけなのに！

「今日は応援させてもらうよ」

「ケガをしたら治しますね」

観客席から木場《きば》とアーシアが手を振っていた！　めっちゃ観戦する気まんまんじゃん！

『ちなみにリアスさんと朱乃《あけの》さんとロスヴァイセ先生は用事のため、今日は来ておりませんのであしからず！』

イリナが補足説明してくれた。あ、お姉さま方は今日来てないのね。

でも、それ以外の眷属《けんぞく》は皆来てて……あらら？　俺は見知った者の姿がなくて怪訝《けげん》に感じてしまった。

ギャー助の野郎がいない。友達でクラスメートの小猫ちゃんとレイヴェルが戦うんだから、いの一番に駆けつけていてもおかしくないんだけどな……。風邪か何かか？

そんなふうに思っていたら、体育館の照明が消えて、壇上のほうから色彩鮮やかな派手なビームとミストが発生した。

『あーっと！　ヘルキャット&フェニックスガールに遅れて登場したのは、完璧《パーフェクト》獣人チームです！』

イリナの実況を受けて、狼の頭部、フォルムを持った人型の魔物と、同じくトカゲの頭と特徴を持った人型の魔物が登場する。

「へっへっへーっ！　チビ猫ちゃんと鳥っ子をいじめに来てやったぜぇぇぇ」

「ゲルルルルッ！　今日は存分に楽しもうゲー！」

なるほど、これが小猫ちゃんを散々煽《あお》った狼男とリザードマンか。あくどそうな顔つきで、悪役らしい台詞《せりふ》を放ってくれているぜ！

しかし、リザードマンのゲルルルルなんて笑い方は今時貴重すぎると思います！

奴《やつ》らの後方にはやせ形で目つきの悪い男性が一人。

「……ふふふ、僕のお友達が悪魔ごときに負けるはずない」

あー、あれが安倍先輩の従兄弟《いとこ》さんね。タチの悪そうな面構《つらがま》えをしているわな……。

リングに上がる両タッグ。……プロレスだ。これ、プロレスになろうとしているよ。決闘って、プロレス形式だったんだね……。

両タッグの間に入るのは、リング中央に現れた――メガネで巨乳の女性レフリー。

「レフリーをさせていただきます真羅椿姫《しんらつばき》です。生徒会の副会長をしております」

副会長!?　なぜにレフリーを!?

観客席の木場が申し訳なさそうに言う。

「レフリー役が必要だったんだけど、アテがなくて……生徒会に相談したら真羅先輩が協力を申し出てくださったんだ」

「木場くんの頼み……いえ、懇意にしているグレモリー眷属の頼みとあらば、生徒会副会長たる私が出るべきでしょう。今日は任せてください」

メガネをキラリと輝かせて格好良《かっこよ》く決めているけどさ、絶対に木場に頼まれたからやっているんでしょう⁉

ま、まあ、生徒会公認ということで最低限の許しは得ているってことでいいのかな？

両タッグのレフリーチェックが終わったあと、「カーン！」とゴングが鳴らされて、試合が開始される！

俺は小猫ちゃんとレイヴェルのセコンドについて、リング下から二人の戦いを見守ることに。

小猫ちゃんとレイヴェルが羽織っていたものを脱ぎ捨てる。下に着込んでいたのは――小猫ちゃんが旧スク水で、レイヴェルがフリルのついたかわいらしいプロレス衣装だった！

先に戦うことになったのは小猫ちゃんと――狼男！

「へっへっへっ！　狼の怖さを刻みつけてやるぜぇぇ～！」

すごいテンプレな台詞だ！　なんだか、怖いぐらいに悪役してるよ、あの狼男さん！

小猫ちゃんは臆せず真っ正面から向かっていき、「ぶぅぅん！」と空気を震わすほどのパンチを繰りだした。

狼男はそれをうまく避《よ》けて、狼らしい俊敏な動きでリング内を駆け回る。かなりのスピードだな。俺なら対応できるけど、力の弱い悪魔では対処できないだろう。

しばらくリングを動き回ったあと、死角を捉えて小猫ちゃんに飛びこんでいった！　左後方からの攻撃！

けど、小猫ちゃんもそれは把握していたようで、身を翻《ひるがえ》して相手の突貫をかわした。かわしざま、ミドルキックを相手に放つ！

「よっと！」

狼男はその場で側転してそれすらかわしてしまう！　やっぱり、動きだけなら大したもんだな。

『あーっと！　狼男さん、かなりの速さです！　あの攻撃すらもかわしてしまいます！』

『狼男といえばスピードが武器といえるでしょう。悪魔の「騎士」として転生した狼男はさらに高速で動くと聞きます』

イリナと安倍先輩がそう解説してくれる。確かにあの速さなら、『騎士《ナイト》』の駒と相性抜群だろうな。

「いくぜ、チビ助！」

避けたと同時に狼男《おおかみおとこ》が鋭い爪を武器に小猫《こねこ》ちゃんに襲いかかるが――堅牢《けんろう》な防御を誇る『戦車《ルーク》』にその攻撃は意味を成さなかった。

爪での攻撃は小さな体に切り傷ひとつつけることができなかったんだ！

「……チッ！　硬いクソ猫だぜ！」

毒づく狼男。相手の打撃はかわわせるものの、自身の攻撃が通らないことでいらついている様子だった。

『あーっと！　小猫さんの防御力は狼男さんの攻撃力を上回っておりました！』

『うん、小猫の防御力は凄《すさ》まじい。難敵クラスとばかり戦っているから、防御が紙だと思われがちだけどね』

イリナとゼノヴィアがそう解説していた。

攻撃が当たれば小猫ちゃんの勝ちだろうな。まだ相手に隠し球が残っているかもしれないが、それでも小猫ちゃんの攻撃力、防御力を超えそうなものは有してなさそうだ。

動き回らせ続けてスタミナを消耗させれば小猫ちゃんの勝ちだ！　動けなくなったところを狙い撃ちすればいいだけだからな！　やっぱり、小猫ちゃんの相手じゃねぇや！

小猫ちゃんもそれを認識しているのか、あまり動かずじりじりと寄せることでプレッシャーを与えていた。

このままいけば勝てる！

そう思っていたのだが、それを相手のセコンド——魔物使いの男性も把握したのか、狼男に叫ぶ。

「町田《まちだ》さん！　生島《いくしま》さんと交代したほうがいいです！　このままではジリ貧で負けてしまう！」

狼男にそう言う男性。町田さん⁉　あの狼男……町田さんっていうの⁉　それで、リザードマンのほうが……生島さん⁉

以前出会った魔物の類も和名だったよ⁉　なんで魔物の世界は和的すぎるのだろうか！

「ゲルルルルッ！　交代なんて小賢《こざか》しいことをしないで二人同時にかかればいいんだゲー！」

リングの端にいたリザードマンはそう言うなり、リング内に侵入してくる！

あっ、汚ぇ！　タッチして交代したわけでもないのに、リングに入りやがった！

「チッ！　仕方ねぇや！　やられっ放しよりはマシだ！」

狼男の町田とやらもリザードマン生島の案に乗っかって、二人同時に小猫ちゃんを攻撃し始めやがった！

「そうはさせませんわ！」

炎の翼を大きく広げて闖入《ちんにゅう》してきたのはレイヴェルだ！　小猫ちゃんの隣に立ち、狼男とリザードマンのコンビを迎え撃つ！

「火の鳥と鳳凰《ほうおう》！　そして不死鳥フェニックスと称《たた》えられた我が一族の業火《ごうか》！　その身で受けて燃え尽きなさい！」

兄貴のライザーと同様の口上を発して、レイヴェルは全身に炎をまとった！

「そうはさせないゲー！」

リザードマン生島の腹部が異様に膨れあがり、こみ上げてきたものを口から吐きだしていく！

勢いよく吐かれた何かはレイヴェルの顔面にものの見事降りかかってしまう！

「……い、いやあぁぁ、なんですの、これ！　ネバネバしてますわぁぁっ！」

レイヴェルの顔面を襲ったのは粘り気のあるジェル状のものだった！　リザードマンから吐きだされたそれを顔に受けて、レイヴェルは戦意を一時的に喪失したのか、先ほどまでの猛火が消えさってしまった！

「ゲルルルル！　隙アリィィィッ！」

吐瀉物《としゃぶつ》を取り払うレイヴェルの腹部にリザードマンの鋭い蹴りが放たれるが——すぐさまダメージを受けた箇所に炎が巻き起こって何事もなかったようになる！

「そ、それぐらいで私は倒せませんわ！　け、けれど、このネバネバが～」

さすがフェニックス。生半可な攻撃ではすぐに回復してしまう。でも、先ほどの吐瀉物のほうがレイヴェル的には嫌だったようだ。

……案外、そちらで精神的疲労が溜《た》まってぶっ倒れるって図式がないわけでもないかも……。ちょっと不安になってしまった。

「これ以上の狼藉《ろうぜき》は許しません！」

レフリーの真羅先輩が堪《たま》らず入り込むが――。

「うるせぇゲー！　メガネの姉ちゃんは黙っときなゲー！」

べちょっ！　と、真羅先輩の顔面にも吐瀉物が吐きかけられてしまう！　しかもメガネまで吹っ飛ばされてしまった！

「……あううう……ネバネバ、メガネメガネ……」

真羅先輩はその場で四《よ》つん這《ば》いになって、メガネを捜しだしてしまう！　あら、あの先輩、メガネがなくなると途端にあんな感じになってしまうのね！　古典的だけど、かわいいと思ってしまいました！

「生島！　例のアレ！　いくぞ！」

「ゲルルルルル！　いいゲー！」

獣人コンビが何かの合図をして、一箇所に集まる！

狼男の町田がリザードマン生島の両足をつかむと、ジャイアントスイングをし始めた！

「いくぜ、これが俺と生島の合体必殺技！」

「ゲロス・ボンバー、ゲゲェェェェエエエエッ！」

リザードマンを振り回す狼男！　振り回されるリザードマンは、口を大きく開けて――

例のジェル状の吐瀉物を勢いよく周囲にまき散らし始めやがった！

べちょりと俺の体にそのゲロ……もといジェル状の吐瀉物が降りかかる！

『あーっと！　これは汚い――いや、凄まじい合体攻撃です！　はい、ゼノヴィア、安倍《あべ》さん、傘です』

『うん、ありがたい。さすがにこれは嫌だね』

『……美しくない攻撃ですわ』

実況席の反応は最悪のようだ！　ですよね！　このゲロ、ネバネバの上になんだか生臭いんですけど！

観客席の木場《きば》とアーシアは木場が素早く対応してくれたおかげで汚れずキレイなものだった。

「……本当、最悪の試合です」

体にかかった吐瀉物を取り払う小猫ちゃんの表情は不機嫌極まりないものだった。闘気と思われるオーラが全身からにじみ出していた！

「ふえええぇ、もうこんなの絶対に許しませんわ！」

涙目のレイヴェルも怒りの炎をたぎらせていた。しかし、吐瀉物を全身に吐きかけられたせいか、若干炎も揺らいでいる。精神的なダメージが大きいんだろうな。お嬢さま育ちに汚物攻撃は堪えがたいものだろうね。

酷《ひど》い攻撃とはいえ、格上の小猫ちゃん、レイヴェル相手によくやるぜ。そう感心する俺だったが……。

「……も、もう出ないゲー……目も回るし……ヤバいゲー……」

当のリザードマンは目を激しく回し、やせ細ってふらふら状態だった！　そ、そっか、ゲロを吐き続けた上に回され続けたから、満身創痍《そうい》になっちまったんだな！

いろんな意味ですごく汚い攻撃だったが、形勢は逆転と言っていいだろう！

あと一歩だ！　そう思っていた俺だったが、途端に魔物使いの男性が不敵な笑みを浮かべる。

「くっくっくっ。そろそろ、あれを投入させてもらおうかな」

そう言うと、男性は指をひとつ鳴らした。

物陰から黒子が現れて、何かをリング中央に置いていく。――段ボール箱だった。怪訝《けげん》そうな小猫ちゃん、レイヴェル、俺。だが、なんとなくだけど、得心するものが俺たちにはあった。そう、今日、この場にあいつが来ていないからだ――。

小猫ちゃんが恐る恐る段ボール箱を開いていく。そこには――。

「……も、もうニンニクは食べられませんよぉぉぉぉ……」

大量のニンニクに包まれたギャスパーの姿があった！

それを確認するなり、男性が嫌みな笑みを浮かべる。

「ふふふふ、キミたちと仲が良《い》いというヴァンパイアの少年を先に招待していてね。苦手なニンニクを克服しつつあると興味深い話を聞いたので、限界まで挑戦してもらったんだよ。いや、魔物使いとしてはなかなかおもしろいデータが取れたね」

なんて奴《やつ》だ！　ギャー助を捕まえて、そんなことをしていたのか！　ひ、暇人だな、こいつら！　ギャー助にニンニク食わせて限界値を測っていたのかよ⁉　あいつは苦手なニンニクを克服しようとある程度までは食えるようになったけど、さすがにあの量はまだ無理だろうな。

段ボール箱のなかでバタンキューしているギャスパーを見て、狼男の町田が笑う。

「ぐわははははっ！　俺はヴァンパイアが嫌いだからな！　いいざまだぜ！　俺もニンニ

ク嫌いだけどよ！」

鼻をつまんでいる狼男！　その隣で静かにリザードマンが倒れ伏していた！

「……ゲ……ルルル……」

おいおいおい、おまえの相方、もう限界っぽいんですけど!?

そんなのお構いなしに魔物使いの男性は続けて叫んだ。

「そう！　僕たちに逆らうとこうなってしまうんだよ！　ハハハハッ！　見たまえ、ニンニク漬けのヴァンパイアなんて最高の絶望じゃないか！　さあ、恐怖しなよ！　猫又にフェニックスの出来損ないは僕たちが倒す！」

無茶苦茶だな、この野郎！

きっと、仲間に酷いことをすることで、小猫ちゃんたちに恐怖と絶望を植え付けようとしたんだろう。やってることは小さいけれど、ムカつき具合は確かに効果的だろう。

現に俺の後輩たちは——恐怖、絶望どころか、全身を怒りに打ち震わせていた。

ニンニク漬けのギャスパーを抱きかかえる小猫《こねこ》ちゃん。

「……私の大事なお友達をよくも……」

殺意に満ちた眼光を狼男《おおかみおとこ》と魔物使いの男性に向けていた。

「……この学園に転校してきたばかりの私に教室で最初に話しかけてくれたのはギャスパ

ーさんでしたわ。もう、完全に燃やします――」

レイヴェルも炎の翼をいままで以上にたぎらせて、戦意に彩《いろど》られた視線を相手に放つ！

「へへへへっ！　おもしれぇ！　いい塩梅《あんばい》のプレッシャーじゃねぇかよ！　こりゃ本気に――」

楽しげに構えていた狼男はそこで言葉を止めてしまう。

理由はごく単純だ。レイヴェルの全身から発するオーラと猛火がリング全域を包み込み出したからだ。

さらに小猫ちゃんも体中からまばゆいオーラを発して拳を構える！

「「絶対にぶっ倒すッ！」」

小猫ちゃん、レイヴェル、二人の掛け声が重なった瞬間、体育館は炎と闘気に満ちていった――。

『ウィナー！　ヘルキャット&フェニックスガールチームでーす！』

イリナの実況と共に、「カンカンカーン！」と戦いの終わりを告げるゴングが鳴り響く。

ギャスパーの悲劇を目の当《ま》たりにした小猫ちゃんとレイヴェルは、本気のオーラを解き放って、体育館を地獄絵図に塗り替えた。ぜーんぶ、真っ黒焦げになっている。こりゃ、あとで修復が大変そうだな……。

実況席の三人、観客席の木場、アーシア、レフリーの真羅《しんら》先輩、そして俺は素早くそれらに対処できたが、リング上の獣人コンビと魔物使いの男性は一年生二人が放った炎と闘気による攻撃をまともに食らい、伸びていた。

「ま、私が本気出したらこんなものですわ」

「……当然の結果」

リングの中央で勝ち誇るレイヴェルと小猫ちゃん。二人は静かに勝利のハイタッチをしていた。

うん、なんだかんだでいいコンビだ！　つーか、当然の結果というか。二人ともスペックは高いんだから、こうなることは決まっていたよね。

でも、おもしろい一戦だったかも。二人が一緒に戦うなんて貴重だよね。

「ギャーくん、仇《かたき》は討ったよ。静かに眠ってね……」

「ギャスパーさんの死は無駄にはしませんわ！」

段ボール箱に向けて涙する二人。

「……い、生きてますよぉ……」

そんな声が段ボール箱から聞こえてきたが……まあいいだろう。

「さ、オイタが過ぎたということで、帰りますわよ。少しは現実が見えたでしょう？　無闇に悪魔にケンカなんて売るものではありませんわ。だいたい、あなたごときの使役では、魔物の力は発揮させられません」

「ふ、ふぁぁい……」

黒焦げの従兄弟《いとこ》にそう厳しく突きつける安倍先輩。

あ、そうだ！　例の件だ！

俺は素早く安倍先輩のもとに行き、耳打ちする。

「……先輩！　例の件！　どうなんですか？」

そう訊《き》いてみると、先輩は「ああ、あれですね」と思いだしたかのように懐《ふところ》を探りだした。

取りだされたのは——二つのガラスのケース。

「このなかに例のスライムと触手が……あら」

ガラスのケースにはヒビが入っていて、中身が……黒焦げになっていた！　ちょ、ちょっとそれって……ッ！

「どうやら、先ほどの攻撃でケースにヒビが入って、中の魔物を焼き尽くしてしまったようですわね。私自身は防御できましたけれど……うかつでしたわ」

な、な、な……。

「なんですとォォォォォォッ！　さ、さっきの小猫ちゃんとレイヴェルのパワーでスラ次郎と触手右衛門《えもん》は戦死したというんですか⁉」

俺はあまりの衝撃の事実に目玉が飛び出るほど驚愕《きょうがく》した！

マジかよ！　俺たちは出会うことなく、死の別れという結末を迎えちまったのか⁉

あり得ねぇ！　どうしてこう俺はこいつらと縁がないんだ⁉

——ただ、俺はこいつらとエッチな生活に明け暮れたいだけなのに！

「……スラ次郎？」

「……触手右衛門……？」

ぞくり……。俺は背後から言いようのないプレッシャーを感じてしまった……。

恐る恐る振り返ると、怖い顔つきの小猫ちゃんとレイヴェルの姿ががががっ！

「先輩、どういうことですか？　どうして、安倍《あべ》先輩と魔物のことについてお話ししているんですか？　それ、エッチな魔物の死骸ですよね？」

「……エッチな魔物……？　……イッセーさま？　もしかして、私たちの特訓に付き合ってくださった理由って……」

にじり寄る二人から俺は後ずさりしつつ、言い訳は言い放つ！

「こ、これはだね、キミたち！　いや！　二人の特訓に付き合ったのはマジで邪《よこしま》な感情なんてなくて……っ！」

「「もう、知りませんッ！」」

その日、俺は二人のコンビとしての相性を骨の髄まで知らされたのだった――。

クソ！　次こそスラ三郎《さぶろう》と触手之助《のすけ》をゲットしてみせる！

Life.6　ザトゥージの逆襲

「ラッセーくん！　雷撃です！」

アーシアが勇ましく指示を出して、

「ガー」

蒼《あお》い鱗《うろこ》の小ドラゴンが口から雷撃を撃ち放つ――。

これは一人の若い使い魔トレーナーと一匹の使い魔による成長の記録である。


北欧勢力との一件が終わったあとの頃だ。

それは一枚の招待状から始まった。

「あらあら、リアス。このようなものが届きましたわよ」

朱乃《あけの》さんが持ってきたのは一通の封筒だ。部長がそれを受け取り、確認する。

「もうこんな時期なのね」

部長はそう言うなり、封筒を開けて中身を取り出した。

数枚の書類を手にして部長は息を吐《つ》く。

「すっかり忘れていたけれど……今年の参加はどうしましょうか」

そのようなことを言って部長は封筒の中身を卓に置いた。

……はて？　何の書類？　参加？　見送る？　訝《いぶか》しく思っているのは俺やアーシア、ゼノヴィア、イリナだった。部長、朱乃さん、木場《きば》、小猫ちゃん、ギャスパーは書類の詳細を知っているようだ。

「あのー、部長。つかぬことをうかがいますけど……、その書類ってなんですか？」

俺が部長にそう訊く。隣でアーシアもうんうんとうなずいていた。

部長は書類を手に取り、文面をこちらに見せてくれる。

「これは招待状なの。年に一度、冥界の各地で大会が開かれるのよ」

「大会？」

再度訊く俺に、部長は手元に使い魔の赤いコウモリを「ポン！」と出現させる。

「そう、お互いの使い魔で競い合う大会よ。この時期になると、冥界の各地で大会が開かれるの。上級悪魔の各御家には、毎年大会の招待状が届くのよ。参加するもよし、観戦するもよし」

部長はそう説明してくれた。

へー、使い魔を競わせる大会！　そういうのもあるのかー。

朱乃さんはクスクスと微笑《ほほえ》む。

「うふふ、私やリアスも何年か前に参加しましたわね。けっこう白熱しますのよ？」

部長と朱乃さんも参加したことがあるのか。

「僕も参加したことあるよ」

「……私もあります」

木場と小猫《こねこ》ちゃんも！　それはなんだかとても興味深いな！　木場は鳥系の魔物を、小猫ちゃんは白い猫を使い魔にしていたな。朱乃さんは小鬼が使い魔だよね。

……で、俺だけいまだ使い魔がいない、と。

「使い魔か、まだ私は持っていないな」

ゼノヴィアが部長のコウモリに視線を送りながらそう口にする。そういや、こいつもいなかったっけな。

ロスヴァイセさんはどうなのだろうか……？　元ヴァルキリーだけど、そういうの魔法の供として使役しているものなのかな。当の本人は現在放課後の定例職員会議にアザゼル先生と共に出ているから詳しくは聞けないけどさ。

「悪魔って使い魔のイメージ強いわよね！　私たち天界関係者はいろんな動物に協力してもらうことが多いけれど」

イリナはうんうんとうなずいていた。

「ギャスパーも使い魔いるのか？」

俺がギャー助に訊くと、

「い、いちおう、いますけど……僕自身、偵察もできるので、皆さんほど活躍させてないかもですぅ」

そっか、こいつはヴァンパイアでもあるからな。自分をコウモリに化けさせて偵察とかできるか。

アーシアも手元に蒼い鱗の小ドラゴン──ラッセーを出現させていた。

高位でレアなドラゴン──蒼雷龍《スプライト・ドラゴン》の子供がアーシアの使い魔だ。いまは胸に抱けるほどの大きさしかないけど、成長すると十数メートルの怪獣になるってんだから驚きだ。

「ガー」

……相変わらず、生意気そうな鳴き声と目をしてやがるぜ。そんなことを半眼で見つめながら思っていたのだが──、

「ガー」

鳴き声と共に雷撃を放たれる！

グガガガガガガガッ！

俺の体中を電気が駆け抜け、激しく痺《しび》れる！

「ぬわぁぁぁぁぁっ！」

……俺だけ雷撃を食らい、全身黒焦げに……。こいつは相変わらず俺の心を読みやがる……。雄のドラゴンは同性が嫌いらしいからな……。

「ラッセーくん！　オイタはいけません！」

アーシアにそう叱られるが、当の小ドラゴンは主人の胸にすりすりとすり寄って甘えるだけだ。

……おのれ、ラッセーめ、ビリビリッとさせたあとにアーシアの胸を堪能《たんのう》しやがってっ！

「それで部長、今年はどうするのですか？」

木場は部長に大会への参加の意思を問う。

部長は「そうね……」と腕を組んでしばし考え込み、アーシアに目をやった。アーシアも突然部長に視線を投げかけられて怪訝《けげん》そうにしていた。

部長は書類を指に挟み、こう言った。

「アーシア、大会に参加してみなさい。あなたの蒼雷龍《スプライト・ドラゴン》なら、けっこういい線までいけるかもしれないわ」

それを聞いてアーシアは驚愕《きょうがく》していた。

「わ、私とラッセーくん、が……ですか？」

「ええ、いい機会だし、クラスもいくつかあるから、初心者のクラスに出てみなさい。何事も経験よ。朱乃、登録の準備をお願いできるかしら」

「あらあら、アーシアちゃんとラッセーくんなら確かにいけそうですわね。――わかりましたわ、部長」

と、お姉さま二人は勝手に話を進めていく！

「え……えええええええええっ⁉」

アーシアはラッセーを胸に抱きながら、驚きの声をあげていた。

こうして、アーシア&ラッセーは使い魔大会に出場する運びとなったのだった。

―○●○―

と言ってもいきなり大会に出場ではアーシアも不安だろうということで、

「大会当日まで特訓！　――をすることにしました。そのほうがいいだろう、アーシア？」

「は、はい！　よろしくお願いします、イッセーさん！」

俺はアーシアを引き連れて旧校舎裏に来ていた。

「……サポートします」

「もちろん」

「その通りよ！」

今日は休日なので、小猫ちゃん、ゼノヴィア、イリナが随伴。部長や朱乃さんは大事な用事があるようなので特訓に付き合うことができなかったが、特訓のプランを記してくれた。それをもとに小猫ちゃんが監督役としてアーシアに教えてくれることになっている。

「……大会ではいくつかの競技がありますが、今回参加する大会でおこなわれるのは、大きく分けてふたつです。障害物競技と――使い魔同士の戦闘です」

小猫ちゃんは指をふたつだけ立ててそう説明してくれた。

わかりやすい大会じゃないか。障害物と戦闘！

「要は使い魔とのコンビネーションが大事ってことだな」

俺がそう言うと小猫ちゃんもうなずいていた。

小猫ちゃんは部長から渡された特訓用のプランを読み込む。

「……部長からのメニューもそれに準じたものですね。ゼノヴィア先輩、イリナ先輩、障害物お願いします」

小猫ちゃんに言われるよりも早くゼノヴィアとイリナがいろいろ担《かつ》いできた。

「ポールに各種ボール、新体操用のフープなどなど」

「縄跳び用のひもも持ってきたわ！　平均台も必要かしら？」

障害物用の用具か。まずはこれらからかな。

てなわけでさっそく特訓は始まることに。

「ラッセーくん、いきますよ！」

アーシアは腕のなかのラッセーにそう告げる。ラッセーは宙に浮いて、小猫ちゃんが軽く放ってきたバレーボールを——避《よ》けてしまった。

「ダメです。それをうまくキャッチするか、主《あるじ》にパスしなければなりません」

間髪容《い》れず小猫ちゃんからダメ出しされる。

「……その小ドラゴンは宙に浮いているので、飛空タイプの使い魔の競技に参加することになると思います。そうなると、空中での行動を審査員に見られますから、ただ浮いているだけではマイナスになります」

確かに、小猫ちゃんの言う通りだろう。ただ浮いているだけじゃ、競技にならんし、ポイントも減る一方だろうな。

「ラッセーくん！　私と一緒にがんばりましょう！」

「ガー」

アーシアのハキハキした声に応じる小ドラゴンだが……相変わらず表情のわからない鳴き声をあげる。がんばる気があるのかないのかわからん。

その後、何度かアーシアによる修正があったものの、障害物に対する動きは徐々によくなっていって、一時間後には完璧にアーシアの思うように動けるようになっていた。

設置されたポールの間をジグザグに飛べるようになったし、ボールもうまくアーシアにパスして、フープのなかもくぐり抜けることができた。

物覚えの早いやつだ！　さすがはドラゴンの子供だな。賢いわ。

そうなると、あとは――。

「障害物はいけそうだね。あとは戦闘か？」

ゼノヴィアが感心しながらそう述べた。

そうだな。そろそろ次に移ってもいい頃合いだと思う。

小猫ちゃんも応じて、手元に使い魔の白い猫を出現させた。

「……このシロと戦わせてみましょう」

小猫ちゃん&シロがアーシア&ラッセーの前に立つ。

「……た、戦いだなんて……私、ラッセーくんをうまく扱えるかどうか……それに小猫ちゃんのシロちゃんを雷撃で傷つけてしまいます」

不安げなアーシア。心根が優しすぎるアーシアは自分の使い魔を戦闘で使えるかどうか、不安なのだろう。それに正直な話、ラッセーを戦わせたくもないはずだ。相手の使い魔のことまで心配してしまっているしな。

その心中を察してか小猫ちゃんが強い眼差《まなざ》しを向けた。

「……アーシア先輩、ラッセーくんを戦闘で使うことに関して躊躇《ためら》う気持ちは理解できます。ですが、使い魔は時として身を挺《てい》して主を守らないといけません。偵察に出したときに使い魔自身が己を守るだけの力も必要です。ある程度の強さは身につけたほうがよろしいかと。それに私のシロは雷撃ひとつで参ってしまうほど、やわではありませんし、食《く》らう前にきっと避けます」

おおっ、小猫ちゃんがこんなにも熱く訴えかけてくるなんて……。

ふいに小猫ちゃんは苦笑いする。

「……私も以前、アーシア先輩のようにシロを使うことを躊躇《ちゅうちょ》していたのですが、いま私が言ったことと同じことを部長に言われたんです」

――っ。

そっか、小猫《こねこ》ちゃんもアーシアと同じように使い魔のことで悩んだんだな。そんなときに部長が熱く語ってくれたと。さっきの言葉は部長からの言葉でもあるんだと思う。

だから今日この日を小猫ちゃんに任せたのかな。

小猫ちゃんに強く言われたアーシアは……先ほどまで迷いに満ちていた瞳に闘志の炎をたぎらせ始めた。

「わかりました。そうですよね。ラッセーくんも、そして私も、一緒に強くなっていかなければなりません！　小猫ちゃん！　お願いします！」

気合いを入れたアーシアがついにラッセーと共に小猫ちゃん&シロと対峙《たいじ》する！

こうして、ラッセーとシロの対決が始まった。

「ラッセーくん！　雷撃です！」

「……シロ、回避」

体を発光させて雷撃をシロに向かって放つラッセー。それをシロは軽やかに避ける。なるほど、あの白い猫は素早いな。

「……シロ、隙を見て攻撃です」

高速で動き回るシロに対してラッセーはそれを目で追いかけるだけで精一杯の様子だった。そして、ラッセーが隙を見せたところでシロの体当たりを受けてしまう。

それを見ていたゼノヴィアが感嘆の息を漏らす。

「小さな猫が使い魔でも使い方しだいでこれほどまで動けるんだな。私も使い魔が欲しくなってきたぞ。ぜひとも強靭《きょうじん》な魔物を使役して戦わせてみたいものだ」

……パワー思考のゼノヴィアらしい考え方だな。

ま、俺もこういうの見ていると使い魔が欲しくなるね。つーか、いずれ必ずゲットしなきゃいけないんだけどさ……。

「二人は使い魔ゲットしないの？」

イリナがそう訊《き》いてくるが……。

「俺がゲットしようとすると、大概酷《ひど》い目に遭って全部オジャンになるんだ……」

肩をすくめ、ため息を吐《つ》く俺。

……ああ、服を融《と》かすスライムと女性の体液をすする触手……。俺が欲《ほっ》した魂の仲間たち。それを求めればきっと奴《やつ》らは死滅する。そういう運命なんだ。

——俺とあいつらは運命のいたずらで相容《あいい》れない関係なのさ。

「ふっ、涙が出ちまったぜ」

切ない思いに駆られ、ついつい目元をキラリと涙で光らせる俺。ゼノヴィアとイリナは「?」と疑問符を浮かべていたが……。そういや、こいつらは使い魔の森に行ったことなかったか。……あの森の思い出は切ないのさ。

「ラッセーくん！　はぅぅ、避けて雷撃です！」

奮闘するアーシアとラッセー。

使い魔に思いを馳《は》せる俺だが、今回はアーシアたちを見守るだけにしたいと思います。

―○●○―

そんなこんなで大会当日。

俺たちグレモリー眷属《けんぞく》は冥界に魔方陣で転移して、とある場所に存在する巨大なドーム会場に到着。

「観客席で応援させてもらうわ」

部長を始めとした仲間たちは俺とアーシアにそう告げて、会場内の通路で別れた。

俺はアーシアの助手として随伴。一名までは助手がＯＫらしいからね。俺が眷属代表のお手伝いってことになったんだ。正直、アーシアにとっては使い魔を持っている他のメンバーと一緒のほうがいいと思ったんだが、アーシアの希望もあって俺ということになった。

初心者クラス参加の登録を済ませ、会場となる場所へ。競技会場には今回参加するトレーナーの面々と各種様々な使い魔がひしめきあっていた。飛んでいる魔物から、巨大なものまで！　かわいい使い魔も、怖そうな使い魔もいた。

へー、皆《みんな》、いろんな生き物を使い魔にしてんだな。今後の参考になるかも！　って、俺はやっぱりスケベな魔物か、女の子の魔物がいいんだけどね！

「はぅぅ、すごい人数ですね」

アーシアは大人数に少し気後れしていたが、当のラッセーは――。

「ガー」

と変わらずの様子だった。こいつに緊張とかはないのかもしれない。

『それでは、まず障害物競技から始めたいと思います！』

会場アナウンスもされて、俺たちはそちらに移動することに。

競技は至ってシンプルだった。審査員の指示のもと、会場に設置してある障害物に挑戦していくというもの。他には、用意されている道具を自由に使って審査員に見せるプログラムもあった。

「ああ、そうじゃないいんだ！」

「ち、違うのよ！　そっちじゃなくてこっちよ！」

使い魔への指示に迷うトレーナーの多いこと。

ここは初心者クラスのせいか、使い魔への命令が若干心許《こころもと》ない悪魔が多かった。

そんななか――。

「ラッセーくん！　ボールをパスです！」

「ガー」

「ラッセーくん、この輪っかをくぐってください！」

「ガー」

アーシアとラッセーは抜群のコンビネーションを見せてくれていた！

「あの小ドラゴン、きちんと主の言う通りに動いているわ」

「しかもレアな蒼雷龍《スプライト・ドラゴン》！　……よく使役できたな」

と、会場にいる他の使い魔トレーナーたちの注目も集めていた。ラッセーの存在が珍しいってのもあるだろうが、それをうまく使っているアーシアの姿が印象的なのだろう。

これだと、俺の役目はないかな……。そんなことを思っていたら――。

「これはスケベな悪魔くんじゃないか！」

何やら聞き覚えのある声がするので振り返ってみると――。

「ゲットだぜ！」

そこには使い魔マスターのザトゥージさんの姿が！　ひ、久しぶりだな、このヒト！

「お久しぶりですね。ザトゥージさんも大会に？」

使い魔マスターたるこのヒトが初心者クラスに姿を現すのは異例なんじゃ？　そんなふうに思っていたのだが……。

「本来、初心者クラスに出るなんてしないんだけどね、こいつの初舞台にはちょうどいいかなと思ったわけさ」

ザトゥージさんは足下を指さした。

そこにいたのは——七色に光るゲル状の物体！　うねうね動いてる！　スライムか？

「こいつは最近発見したレアなスライム！　その名もレインボースライムだぜ！」

ポージングしながら説明をくれるザトゥージさん。まんまな名前だな。

「このレインボースライムは特定の時間、場所にしか現れない魔物なんだぜ？　さらに言うなら調査の結果、こいつは体力、攻撃力、防御力、特殊能力、素早さ、そのどれもが高い数値を示しているのだ！　今後の繁殖も楽しみな、相当秀《ひい》でたグレートなスライムだぜ！」

そ、そうなのか……。相変わらず強いこだわりをお持ちのようで……。

「もしあの蒼雷龍《スプライト・ドラゴン》とバトルで手合わせすることになったら、お互いベストを尽くそうぜ！　――と、金髪の美少女さんに言っておいてくれるとうれしい！　じゃあ、ゲットしろよ！」

そう言うなり、ザトゥージさんはスライムを連れて他の場所に行ってしまう。

……なんだか、嫌な予感というか……。

『アーシア・アルジェント選手とラッセーコンビ、素晴らしいコンビネーションです！』

息を吐く俺の耳にアーシアの活躍が届いたのだった。

障害物競技が終わり、バトル競技に移ったのだが……。

「――って、やっぱりこうなるのか」

武舞台《ぶぶたい》の下から見守る俺は半眼になって、嘆息していた。

武舞台に上がったアーシア&ラッセーの相手は――、

「ゲットだぜ！　これはそういう巡り合わせだったようだ！」

ザトゥージさんとレインボースライムのコンビだった！

なんていうか……ですよね！　としか言えない組み合わせだった！　さっき出会った瞬

間に嫌な運命感じていたもん！

「かわいいお嬢さんが相手だけど、手加減なんてしないんだぜ！」

なんて大人げない宣言をする使い魔マスターだ！

『バトル開始です！』

開始を告げるアナウンスがされ、会場内に複数設置してある武舞台で戦闘が始まる！

他の選手たちはすでにバトルを開始させていた。

そして、アーシアVSザトゥージさんも試合開始！

「レインボースライム、キミに決めたぜ！　まずは炎だ！」

ザトゥージさんがスライムに指示を飛ばす！

スライムは体の色を七色から赤い色に変化させて、炎を吐き出した！

「避《よ》けてください、ラッセーくん！」

アーシアの命令を聞いて、軽やかに空中で回避するラッセー。しかし、ザトゥージさん
コンビの攻撃は次に移る！

「次は氷の攻撃だ！」

レインボースライムは赤から青に体の色を変えて、今度は武舞台を凍らせる！　下から
氷柱が迫《せ》り上がってきて、ラッセーを打ち落とそうとしてきた！

ラッセーはそれも避けるが……。あのスライム、炎だけじゃなく、氷まで体から発生させたぞ！　ザトゥージさんが「ふっふっふっ」と不敵な笑みを漏らす。

「このレインボースライムは火、氷、風、土、雷、光、闇の七属性を身に宿す、スライム系としては異例の芸達者なんだぜ！　しかもそれら属性耐性についても折り紙つき！　蒼雷龍《スプライト・ドラゴン》の雷撃でも耐えきってみせる！」

なんてこった！　あのスライム、いろんな属性を持ってやがるのか！　属性に応じた色に体が変化してたんだな。

……しかも雷撃の耐性もある。ラッセーにとって、厄介な相手だ。回避能力はこちらに分があるけど……持久戦に持ち込まれたらマズい！

「ラッセーくん！　雷撃です！」

アーシアも指示が出すが……相手のスライムは体を黄色く変化させて、雷撃を受けても大したダメージを受けてなさそうだった。……雷撃に対する耐性を強めたのだろう。なんて、最悪の相性だ！

「はぅぅ……ど、どうしたらいいのでしょうか……」

次の攻撃をどうしたらいいか苦慮しているアーシア。

ここは様子見で隙を見せるまで待つしかないか——とアーシアにアドバイスを送ろうと

したが、それよりも早くザトゥージさんが命令を出す！

「さあ、そろそろ決めるぜ！　レインボースライム、ダークな攻撃をしてくれい！」

そう指示を送ると、スライムの体が黒く変色した！　なんだか、不気味で嫌な雰囲気の形態だ！

黒くなったスライムは真っ黒なジェル状のものを吐き出してきた。ラッセーはそれも難なく避けるが——避けられたジェルはこの武舞台を越えて、隣の武舞台へ飛んでいってしまう。

ベチャリと隣の武舞台にいた女性トレーナーに黒いジェル状物体がかかってしまう。

「な、なんなの……？」

怪訝《けげん》そうにジェルを払おうとした女性だったが……その服が徐々に融けていく！

そして、みるみるうちに服が全部融けきって全裸にぃぃぃぃぃっ！

「い、いやぁぁぁぁぁぁっ！」

女性の悲鳴が会場に木霊《こだま》した！　お、豊かなおっぱいが丸見えだぜ！　脳内に保存させてもらいました！

てか、なんだ、あのジェル！　あれが闇属性の攻撃なのか？　す、すばらしい闇属性じゃないか！　失礼ながら目を爛々《らんらん》と輝かせてしまった俺だが、当のザトゥージさんは当惑した表情を浮かべていた。

「お、おい！　ダークな攻撃を指示したんだぞ！　なぜ衣類を融かす液体を出すんだ⁉」

どうやら、ザトゥージさんの予想外の行動をしたようだ。あのスライムは衣類を融かす能力も有しているってことか。繁殖に成功したら、ぜひとも一匹欲しいスライムだぜ！

ついにスライムは指示も出していないのに勝手にジェルを吐き出していく！

そのジェルが――アーシアにかかってしまった！

「キャッ！　……あぅぅ、ふ、服が融けていきますぅっ！」

アーシアの服が徐々に融けていく！

俺の眼前でかわいいアーシアが全裸の危機にぃぃぃぃっ！　ゆ、許せん！

俺はいてもたってもいられず武舞台に上がってアーシアを助けようとするが――俺の視界に映ったのは異様なオーラを発する小ドラゴンの姿だった。

小さな体いっぱいに大量の電気をまとわせて、双ぼうは怒りと戦意に充ち満《み》ちていた！

――主《あるじ》への攻撃でラッセーの怒りは頂点に達したのかもしれない！

「ガァァァァッ！」

普段、感情のこもってない声で鳴くラッセーが、怒りに吼《ほ》えた！　この武舞台にいる全員が一瞬気圧《けお》されるほどの力を小ドラゴンが発している！

そして、ラッセーは全身にまとっていた絶大な雷撃をスライム目掛けて解き放った！

ビガガガガガガガガガガッ！

レインボースライムだけじゃなく、武舞台全部を呑《の》み込みそうなほどの強力な雷撃！

雷光が止《や》んだ先にあったのは——黒く焦げたスライムの姿だった。

「オーノー！　レインボースライムがぁぁぁぁっ！」

ムンクの叫びのような格好で、衝撃を受けているザトゥージさん。

……あのスライム、黒焦げでもピクピク動いてる。生命力高いな！

けれど、戦闘不能だろうな。いまの強力な雷撃を食らっても、まだ生存してそうなのが逆にすごいと感じるよ。さすがレアで能力が高いスライムなのかな……。

ま、俺もとばっちり受けて、黒焦げだけどね！

そしてこの試合は——。

『アーシア・アルジェント選手とラッセーコンビの勝利です！』

アーシアの勝利だった。

「初出場で大会総合三位だなんてすごいわ、アーシア、ラッセー」

後日、部室にて部長がアーシアたちを褒めていた。

あのあと、大会は続き、結局、アーシアは初心者クラスで総合三位というすごい結果を修めた。

ま、話を聞くと部長や朱乃《あけの》さんも大会で上の順位を取ったことがあるそうなんだが、それでもアーシアの活躍は素晴らしい！

「はい、ありがとうございます！　全部、ラッセーくんのおかげです。ね？」

「ガー」

アーシアの胸に抱かれるラッセーも主に甘えていた。うんうん、アーシアもラッセーもすごいよ。

俺もいつか使い魔の大会に出たいもんだ。ザトゥージさんのあのスライムが繁殖したら、一匹もらって……ぐふふ！

「……スケベスライムがイッセー先輩のもとに来てもどうせ長生きしないと思います」

小猫《こねこ》ちゃんにハッキリと断じられてしまった！

「ですよね！」

今度は不死身の属性も持ったスライムでも発見されないかな！

そう強く願う俺だった。

Life.7　今週、彼が浮気します？

「……イッセー」

「……なんだか、楽しそうです」

「……やっぱり、後輩は眼中にないんですね」

「…………うそよ……これは幻ですわ……」

部長、アーシアさん、小猫ちゃん、朱乃さんが顔を曇らせて声を震わせていた。

僕──木場祐斗《きばゆうと》の眼前で話していたのはかつてないほど緊張の面持ちと羨望《せんぼう》の眼差《まなざ》しをするグレモリー眷属《けんぞく》女性の面々だった。

町中の電柱や物陰に隠れて、じっと前方を見据える。僕たちはとあるカップルを追っていた。そのカップルは──僕たちの仲間、兵藤一誠《ひょうどういっせい》くんと駒王学園《くおうがくえん》の女生徒という組み合わせだ。

そう、イッセーくんがここにいるグレモリー眷属の女性陣とは直接関係がない女性とデートをしていた。これはグレモリー眷属の女性にとっては大問題だろう。

話は少し前に遡る。

学園祭とサイラオーグ・バアルとのゲームが終わった頃のことだ。

部室で僕とイッセーくんの二人きりだったとき、彼がふと僕にこんなことを訊《き》いてきた。

「なあ、木場。……女の子ってわからないこと多いよな」

そんなことを、ため息を吐《つ》きながら言ってきたんだ。僕はてっきり先日お互いに想《おも》いを告げたリアス部長のことでため息を吐いているのだと思っていた。

しかし、僕が知る限り、両者の間にはケンカや不穏な空気は一切流れていない。僕はイッセーくんの発言を少々怪訝に感じてしまっていた。

……もしや、他のオカ研女子との間で何かが起こったのだろうか？

このオカルト研究部には彼を想う女子ばかりが在籍している。

イッセーくんに助けられて以来、彼を心から慕う――アーシアさん。

イッセーくんにつらい過去を乗り越えさせてもらった――朱乃さん。

力を恐れる自分を励ましてもらい、勇気を得た――小猫ちゃん。

最初は悪魔となった自分の欲望を叶《かな》えるため、イッセーくんに迫るものの、いつの間にか彼のやさしさに触れて心から慕っていた——ゼノヴィア。

天界のためなのか、自分のためなのか、それとも勢いなのか、イッセーくんのことを好きになった理由が今ひとつよくわからない——イリナさん。

兄を打倒した姿に自分のヒーロー像を見た——レイヴェルさん。

そして、命がけで自分を守るイッセーくんに心から愛情を注ぐ——リアス部長。

イッセーくんを想う女性はとても多い。彼自身も部長以外からのアピールをなんとなく感じ取っているようだが……。

それに十分に応えられるほどの甲斐性《かいしょう》はいまだ持ち合わせてはいないようだ。

彼の望むハーレム王の振る舞いはまだまだできそうになかった。でも、それが彼らしいといえば彼らしいと言える。永久とも言える寿命を持った悪魔に転生してハーレム王を目指し、半年程度でそれを完璧に達成してしまったら、それはそれで早期に目標成就《じょうじゅ》しすぎて今後の楽しみが激減してしまうだろう。

僕の剣の師（もちろん悪魔である）も言っていたが、人間から転生した悪魔は生き急ぐきらいがあるらしい。永い時を生きるのだから、早めに目標達成を目指して突き進んでしまうと残りの時間が膨大に余りすぎてたいそう困るそうだ。燃え尽き症候群というわけではないが、感情の起伏に乏しくなってしまいがちだという。ゆっくりでもいいから、じっくりと楽しみながら生きたほうが転生悪魔としては賢明なのだろう。

それは僕にも理解できる。けれど、スケベな表情で夢を次々と語るイッセーくんを見ていると、目標が叶っても燃え尽きることなく、次の野望を早めに打ち立てるのではないかと思えてしまう。

そんなふうに思える彼だからこそ、彼女たちが惹《ひ》かれるのかもしれない。イッセーくんと過ごすときっと楽しいことが起こる——と。僕だってそう思えるからね。

さて、イッセーくんが僕に相談してきたことだが……、そのときは彼にこう返した。

「誰のことについて悩んでいるか僕は知らないけれど、そのヒトともっとよく話してみると理解できるかもしれないよ？　ほら、女性はおしゃべりが好きだから、話を聞いてあげるだけでもお互いの理解度は違ってくると思うんだ」

僕の意見を聞いて彼は「うん、なるほどな」と一度大きくうなずいて部室をあとにした。

僕はそのとき、「部長に怒られたのかな？　それともアーシアさんが誰かに影響されて思いがけないことを言ってきたのだろうか？」などと平和に彼らの交流を想像していたんだ。

ところが——。

二日経《た》った頃だ。イッセーくんと小猫ちゃん以外の部員が部室に集まっているとき、小猫ちゃんが表情を曇らせて登場した。

彼女の様子の変化に皆《みんな》が一様に驚き、部長が代表して尋ねる。

「どうしたの、小猫？　あなたがそんな顔で入ってくるなんて……。何かあったのね？」

小猫ちゃんの顔つきを見て僕らは心配した。彼女は僕たちにとってかわいい後輩だ。普段、無表情であり、何を考えているか捉えにくい小猫ちゃんではあるが、その彼女がこんなにも表情を曇らせているなんて……。よほどのことがあったのか？

小猫ちゃんは小さくぼそりとこう漏らす。

「……イッセー先輩が、この部以外の女性と楽しげに話していました」

その一言を聞いてまず最初に反応したのは――朱乃さんだった。

お盆ごと湯飲みを床に落として、大きな音を出していた。先ほどまでいつも通りのニコニコ顔だったのに、いまは一気に表情が曇り床にへなへなと座り込むほどショックを受けている。

他の女子もそこまでのリアクションはないものの、驚き、言葉を失っていた。

リアス部長は大きく息を吐き、カップを持つ手を震わせながらあくまで冷静に小猫ちゃんに問い返す。

「……そ、それで……その女性とは……？」

部長、声も震えていますよ。相当な狼狽《ろうばい》ぶりだ。表情を崩さぬよう必死で平常を保とうとしているが、その心中は計り知れない。何せ、部長はイッセーくんと想いをお互いに告げたばかりなのだから。

小猫ちゃんは声を沈み込ませながら再度言う。

「……二年の……加茂忠海《かもただみ》先輩です」

加茂忠海――。僕も知っている女生徒だ。僕やイッセーくんにとっては同級生であり、この学園で悪魔の存在（僕たちやシトリー眷属のこと）を知っている数少ない生徒である。確か、陰陽師《おんみょうじ》の家系だったはずだ。彼女自身もその術に心得があるようで、独自に除霊などをおこなっていると聞いた。悪魔が支配しているこの学園に来たのも僕たちとの間にパイプを作りたいという思惑があったのと、「おもしろそうだから」と好奇心にかられたからだと耳にしている。

学園生活では、目立たず、一般生徒に溶け込んで過ごしていたようなのだが……。

小猫ちゃんから加茂さんの情報を聞いて、部長は息を吐く。

「……知っているわ、その子。陰陽師の家系よね。……で、でも、どうして、イッセーと……？」

当惑する部長。ゼノヴィアが立ち上がって言い放つ。

「論より証拠だ！　現場を押さえに行くぞ！　これは……浮気《うわき》に違いない！」

彼女の一言にオカ研の女性が全員立ち上がり、小猫《こねこ》ちゃんの先導のもと、部室をあとにしていく。

……部屋に残ったのは僕とギャスパーくんだけだった。顔を見合わせる。

「……祐斗先輩、僕たちも行ったほうがいいですよね？」

「ま、とりあえず、追ってみようか。僕も少し興味があるからね」

彼に限って度の過ぎたことはしないだろうけど……少し楽しそうだ。


小猫ちゃんに案内されて僕たちが到着したのは——旧校舎の敷地《しきち》の外れだった。僕たちでもあまり近づかない端っこだ。駒王学園の全体から見ても端も端だろう。木々がうっそうとしていて、昼間でもちょっとだけ暗い雰囲気の場所だ。

気配を殺しながら、そろりそろりと大人数で歩いていくと——前方に少しだけひらけたところが現れ、そこで男女が一本の木に寄りかかりながら楽しげに語り合っていた。

男子のほうはもちろんイッセーくん。長いおさげの女生徒が加茂さんだ。切れ長の目、線の細い肢体といった風貌であり、やはり普通の生徒とは違い若干隙が少ない。

イッセーくんも彼女も異能に通じており、ちょっとした気配なら感じ取れてしまうだろ

う。僕たちはできるだけ気配を殺して見守ることにした。

仙術を使い、徹底的に気を消失させて身を隠す小猫ちゃん。彼女は言う。

「……先ほど、旧校舎に来る途中、イッセー先輩が部室に向かわず、こちらに行く気配を感じ取ったので追ってみたんです……。そうしたら、あの加茂先輩と一緒に……」

さすが仙術使いの小猫ちゃんだ。まあ、ニオイでも察知しそうだ。

最近、この手の気配の殺し方に磨きがかかってきている部長と朱乃《あけの》さんもただ黙ってじっと前方の男女を見据える。

「……朱乃たちに感じ取られないように練習してきた隠れ身。まさか、ここでも役に立つなんて……」

「……あらあら、私だってこの手の隠れ方には慣れてきましたわ。小猫ちゃんのちょっとした仙術にも対応できますし……」

そんなすごいことを覚えているお二人。なんでも「乙女の恋心」がそれらを可能にしたというが……。その習得法のぜひはともかく、それを実戦でも活用していただけるとテクニックタイプの僕ももう少し楽ができるように思えるんです。……それをここで言ったところでどうしようもないのだが……たまにグレモリー眷属の面々は力をうまく使えていな

いように感じられてしまう。

　僕もイッセーくんたちに視線を向ける。

　イッセーくんと加茂さんは――楽しげに談笑しているようだ。会話の内容は……耳の良《い》い小猫ちゃんや読唇術《どくしんじゅつ》に少々の心得のある朱乃さんが捉えている。

「……どうなの、小猫、朱乃？」

　部長が二人に問う。二人は……顔をいっそう曇らせていた。

「……趣味のことや普段何をしているか、そういうことを話しています」

「……私、あんなにイッセーくんに好きな漫画や映画のことで話されたことないわ」

　小猫ちゃんも朱乃さんも、大変ショックを受けて、声を震わせている。どうやら、初々《ういうい》しい男女カップルらしい会話をイッセーくんと加茂さんは繰り広げているようだ。

　それらを聞いて、アーシアさんが口元に手をやって涙目になっていた。

「……はぅ、リアスお姉さまと私たちを置いて、イッセーさんが他の女性とあんなに楽しげに……い、いいえ、これはきっと何かの間違いで、でもでも、もしかしたら、私たちに飽きて……うぅぅ！　主よ、私はどうしたらいいのでしょうか？」

　そのアーシアさんの肩を抱き、ゼノヴィアが遠い目をしている。

「よーく、見ておけアーシア。あれが『浮気』というものだ。奴《やつ》め、普段モテないモテないと言っておきながら、私たちを捨ててこっそりうまくやっていたんだ。まあ、これも私たちが好いた男の隠れた甲斐性というものなのかな。あいつの魅力はすさまじいからな。女なら惚《ほ》れ込んでしまっても——」

ゼノヴィアは小さな声で次々と言葉を連ねていく。イッセーくんをけなしているのか、褒めているのかわからないことを口にしていた。

その横でイリナさんが——。

「陰陽師すら落とすイッセーくん。す、すごいわ。普通なら悪霊《あくりょう》退散で祓《はら》われてもおかしくないのに」

うん、こちらも嫉妬というよりは軽い賛辞を送っている。ある意味、混乱しているとみてもいいのだろうか?

「……私は何人目になれるのでしょうか」

指折り数えながら真剣に考え込むのはレイヴェルさんだ。……いちおう、察するよ、レイヴェルさん。

「すごい美男子よりも口のうまい男性のほうが女性にモテて経験人数も多いと聞きますけれど。案外、イッセーくんもそちらになりそうですね。なんだか、ちょっと不純です」

いつの間にか駆けつけていたロスヴァイセさんもそう口にしていた。

そして、僕らの『王《キング》』たる部長の反応はというと——。

何度目か知れない大きなため息を吐《つ》き、静かに口にする。

「……これは浮気なのかしら？　彼ができて早々にこのような場面に遭遇するのは……まだちょっと心の準備ができていなくて驚いたわ。けれど、私はグレモリーの次期当主よ。この程度で動揺していては先が知れるわ。とりあえず、あとで軽く問いただしましょう」

いまだ困惑の色が残る部長ではあったが、少なくとも彼を慕う女子のなかで一番冷静を取り戻しつつあった。頼もしげな部長の強気発言にいまだ動揺を消しきれない女子全員が「うんうん」とうなずいていた。

……僕はそれを見て将来のグレモリー家の生活を少し垣間見《かいまみ》たんだ。なるほど、どこまでも女子たちを仕切れるのは部長なのだろう。


—○●○—

その日の夜——。僕とギャスパーくんは、なぜか兵藤家《ひょうどう》にお邪魔していた。
普段、僕とギャスパーくんはイッセーくんのお家《うち》の近くにあるマンションで共に暮らしている。ここを深夜訪れるのはよほどのことが起きたときぐらいだ。

……そのよほどのことが起きているのだろう。少なくとも女子の間では。

イッセーくんが寝たあと、部長とアーシアさんがベッドを抜け出て、兵藤家上階にある空き部屋に移動してくる。そこには僕やギャスパーくんを含め、オカ研メンバーが集合していた。イッセーくんとアザゼル先生以外の全員がここにいるということになる。

空き部屋の中央で女性陣が円陣を組むように座り込み、部長の開幕一言を待った。

「明日、イッセーは外出するわ。――一人で」

その言葉を受けて、女性陣全員が「あやしい」と異口同音に唱える。途端にあれやこれやと身を乗り出して話し合い始めた。

「……皆さん、真剣です。こんなに夢中で話し込むことなんて滅多にないのに……」

ギャスパーくんが僕の横でそうつぶやく。

僕とギャスパーくんは円陣から離れた部屋の片隅で彼女たちの女子会を見守ることにした。正直、僕たちがいなくてもいいと思えるのだが、ゼノヴィア曰《いわ》く「これはグレモリー眷属《けんぞく》、いや、オカルト研究部の大事件だ。おまえたちも会議に参加して当然だろう?」と半ば強引に呼ばれていた。

今夜は見学という形で僕とギャスパーくんは見ていようと思う。イッセーくんは眷属の心の支えでもあるし、確かに大事件ではあるが……果たして真相はそこまで切迫したものなのだろうか。疑問も尽きない。

部長がさらに言う。

「さっきね、わざとベッドの上で訊《き》いたの。『あなた、私に何か話すことはないかしら？』と」

「どう返したんですか？」

興味津々《きょうみしんしん》にイリナさんが訊く。

部長と共にベッドの上で聞いていたであろうアーシアさんが表情を曇らせながら言う。

「……何もありませんとイッセーさんはお答えするだけでした」

それを聞いて、皆《みんな》が「それはおかしい」「何か隠しているわ！」と口々に言う。

「返したときのイッセーは私を直視しなかった。あれは絶対に隠し事よ。私、わかるわ、そういうの。何よりベッドの上で私の胸に視線を移さずに横にそらすなんて彼らしくもないわ。不自然すぎるの」

部長は妻が夫のことを語るようにうなずきながらそう言う。

朱乃さんが儚《はかな》げで憂いを帯びた表情でぼそりと漏らす。

「……リアスやアーシアちゃん、ここに暮らす女性が相手だからこそ、私は浮気というものが楽しかったわ。けれど、どうしてかしら、彼がオカ研女子以外の子と仲良くしていると知ってから、途端に悲しくて……悔しくて……私、こんなにも嫉妬深い女だったのね……」

自身の変化に戸惑いながらも素直に吐露する朱乃さん。他の女子も「わかります!」「その気持ち、理解できる!」と大きく同意していた。そ、そういうものなのかな。僕は男子だから、その辺はちょっと共感しづらいな。

――と、扉を開けてとある人物が姿を現す。

「話は聞いたぜ。ついに人間にもモテだしたか、あいつめ」

つかつかと入ってきたのはアザゼル先生だった。……どこで話を聞いたんですか? 盗み聞きしていた? いや、それにしたってどこから聞いていたというのか……。相変わらず神出鬼没な堕天使の総督だ。

先生は円陣に割って入って女の子たちに向けてこう言う。

「――ぬかったな、おまえら。なーに、男ってのは同じもんばかり味わっていたら飽きちまうものさ。それは食い物も愛も同じだ。たまには違うもんをつまみ食いしたくなるってもんだ」

ぶっきらぼうな先生の物言いに朱乃さんやロスヴァイセさんが眉を不機嫌そうにつり上げる。

「アザゼル、私たちの愛と食べ物を一緒にしないでくれますか？」

「そうですよ、アザゼル先生！　あなたのような破廉恥総督が愛を語るなんて！」

だが、先生は嘆息して、首を振りながら断じる。

「処女が何を言ったって説得力がない。ここはひとつ、いままでにハーレムを無数に作ってきたこの俺の意見に耳を傾けて――」

言いかけた先生の頭部をハリセンではたく部長。部長は息を吐いて、改めて皆に言う。

「明日、イッセーが出かけたらあとを追いましょう。古典的だけれど、一番の解決策だと思うの。ほら、世の奥さまが夫の浮気《うわき》現場を押さえるために探偵を雇うでしょう？　それと同じよ。――自分の足を動かして、この目でそこを見て判断するしかないわ。イッセーを問い詰めるのはそれからでも遅くはないと思うの」

部長の言葉に女性全員が「うんうん」と応じる。……本当、この女性陣を仕切るのは部長で確定なんだね。ゲームや戦術を語るときよりも部長が輝いて見える。

……イッセーくん、グレモリー眷属の女性陣は戦闘やゲームのときより、キミへ愛憎を向けるときのほうが本領発揮するようだよ。

僕はこのエネルギーをどうにかして他に生かせないか、端《はた》から見ながら考えていた。

―○●○―

次の日、イッセーくんが出かけると共に僕たちも動きだした。気配を察知されないよう細心の注意を払いながらあとを追う。……確か、朱乃《あけの》さんとイッセーくんのデートでも似たようなことがあったような……。気にしてはダメか。

皆、変装して、見られてもバレないようにしている。部長なんて特徴的な紅髪でバレないよう黒髪のかつらをつけているほどだ。……自慢の紅髪よりも意中の男子の浮気調査が大事らしい。そこのところは実に年頃の女性らしくて安心するけれど。

町中のカフェ。窓際《まどぎわ》の席にイッセーくんが座る。なにやらきょろきょろと周囲を見回しながら、時計をしきりに気にしていた。デートの待ち合わせだろう。それにしては案外落ち着いたものだ。デートに慣れきっているというほどでもないと聞いているのだが。

僕たちは対岸の物陰でカフェの店内を外から監視していた。……大人数なので、何グループかで分かれたほどだ。本当、浮気調査にしては人数が多すぎる。

僕は部長とアーシアさんとグループを組んで建物の陰に隠れていた。

気を強く持ちながらもどこか緊張の面持ちである部長と、最初からハラハラと落ち着きのないアーシアさん。どちらにしても心を張り詰めさせながら相手の女性が現れるのをひたすら待っているのだろう。

誰も来なければそれにこしたことはないのだが、残酷にもイッセーくんの席に一人の女性——加茂さんがやってくる。ベージュのブラウスに黒いスカートという格好だ。

二人は同じ席でお茶を飲みながら話し込みだした。……隣で部長とアーシアさんの表情がどんどん曇っていく。あれほど勇ましくオカ研の女性陣を仕切っていた部長もイッセーくんの浮気現場を目の当《ま》たりにしてショックを隠しきれない様子だ。とっても切ない表情をしている。

……どんな理由があって、加茂さんとお茶を飲んでいるかわからないけれど、イッセーくん、ちょっとだけ無責任なんじゃないかな……。告白しあったばかりなんだから、もう少し行動に責任を持ったほうが……。

そう僕が考えているうちに店内の二人は席を立ち、店をあとにする。場所を変えるようだ。部長はそれを見て、他のところに隠れている皆《みんな》に手で合図を送り、二人のあとを追うことに。

……さて、どうなるのかな。

そして、話は冒頭に戻る。

カフェを出た二人はそのまま町のいろんな箇所を回り、デートの様子を僕たちに見せてくれた。アニメショップ、本屋、メイドカフェ、怪しげな骨董品屋《こっとうひんや》。デートの内容としてはかなりマニアックだけど、追っているその間、女性陣は羨望《せんぼう》と絶望の眼差《まなざ》しを二人に向けていたんだ。

けれど、追っているうちに耳の良《い》い小猫《こねこ》ちゃんと読唇術《どくしんじゅつ》の心得のある朱乃さんが訝《いぶか》しげな表情を見せるようになってきた。それは先ほどまで見せていた嫉妬交じりの悲壮めいたものではない。どちらかというと疑問と興味に転じたような……。

確かに二人におかしな点はあった。各店に行くと、必ず加茂さんがメモ帳を取り出してチェックしているからだ。デートにしてはちょっと不思議である。

「……デートというよりもこれは……」

「……調査……イッセー先輩もアドバイスめいたことを口にしてますし……」

朱乃さんと小猫ちゃんの口ぶりにも疑問の色が多分に含まれている。

彼らのデート（？）を追って、日も暮れてきた頃だ。二人は人気の少ない場所に移動していく。朱乃さんと小猫ちゃんの様子から、デートではなく何かがあると察し始めている部長、そして女性陣。

空が暗くなりかけてきたなか、イッセーくんと加茂さんは公園の一角にたどり着く。

先ほどまでの空気なら、こんなムードのある時間帯、人気のない公園に二人が来たら、女性陣は心の平穏を完全に失うところだっただろう。

しかし、そうではなくなった。二人の様子は男女のデートというものではなく……。

公園で何が始まるのか？　僕たちは物陰から見守っていると──。

ぬぅっ……と物音ひとつ立てずに暗がりから巨軀《きょく》の何かが姿を現す。点灯し始めた公園の電灯に照らされたのは──分厚い胸板、女性のウェストよりも太そうな豪腕、アニメ『魔法少女ミルキー』のコスプレ姿をした巨漢だった……ッ！

僕も知ってる。イッセーくんの上客──ミルたんだ！

魔法少女に憧れる規格外の漢《おとこ》の娘《こ》だとイッセーくんは力強く語っていた。

……な、なぜ、こんな公園に……？　というよりも、どうしてイッセーくんと加茂さんがミルたんと対峙《たいじ》している……？

疑問が尽きない僕らの目の前で、加茂さんがミルたんに指を突きつける。

「ここで会ったが百年目！　リベンジさせてもらうわ、ミルたん！」

そう言うなり、加茂さんは自身の服を取り払い、陰陽師《おんみょうじ》がよく着ている狩衣《かりぎぬ》という出《い》で立《た》ちになる！　し、下に狩衣が着込まれていたようには思えなかったけども！

わけのわからない展開だが、ミルたんは強面《こわもて》に深い笑みを作る。

「また陰陽師が来たにょ。ミルたん、前にも言ったにょ。ミルたんの魔法に、未熟な陰陽師が勝てる道理がないにょッ！」

ミルたんは懐《ふところ》からミルキーのステッキらしきものを取り出して、かまえる。巨大な手に握られるおもちゃのステッキ――。巨体から比較すると箸ほどに思える。

加茂さんは懐から陰陽師の五行が描かれた札を何枚も取り出して、ミルたんに向かっていく！

公園の奥で始まったのは――『魔法という名の格闘技』対『陰陽師の術』の戦いという意味不明のものだった！

え……？　何これ？　ミルたんが魔法（剛力に任せたただのパンチ）で地を砕き、加茂さんが札から五行たる火、水など各種属性攻撃を放っているんだけど……。

呆気《あっけ》に取られる僕たち。部長が間の抜けた表情を浮かべながらも、気を取り直し、イッセーくんのもとに行く。

「イッセー」

「ど、どうして、ここに⁉　てか、皆、勢揃《せいぞろ》いじゃないか！」

部長の登場に酷《ひど》く驚くイッセーくん。尾行は完璧だったようだ。まったく気づいていなかったんだね。

部長は漢の娘と陰陽師女子高生の一戦に視線を配りながらも一言イッセーくんに訊《き》く。

「これは……どういうことなのかしら？」

「え、えーとですね……」

気まずそうな表情のイッセーくんは語り出す。

つい先日、イッセーくんは加茂さんに個人的な相談を受けた。ミルたんについてだ。

彼女は最近どういうわけかミルたんと出会い、興味に惹《ひ》かれて勝負を持ちかけたところ、見事に惨敗《ざんぱい》してしまったのだという。そこで以前イッセーくんが松田くんと元浜くんにミルたんを紹介していると耳にした加茂さんがイッセーくんに願ったそうだ。

――ミルたんのことを教えて！

と。それを聞き、イッセーくんは悩んだ。常客であるミルたんのことをこの娘に話していいものか。しかし、加茂さんも真剣だ。武者修行中の身であり、猛者《もさ》（異形たる僕ら悪魔などは除く）と戦って力を高めようとしているのに、剛力魔法少女（漢）に負けたとあっては加茂家の存続に関わると。

「結局、俺は加茂さんとよく話して、ミルたんにも相談して、両者にとってより良い結果を模索したんだよ。でも、どっちも引かなくなっちゃって、最終的に俺はミルたんの了承のもと、ミルたんが活力のもとにしているものを加茂さんに今日見せたんだ」

　イッセーくんはそう言う。

「メイドカフェ、漫画、アニメを見て体験して強くなれるなんて非常識極まりないわ！　このエセ魔法野郎！　あんたの攻撃なんて魔法じゃなくてただの格闘技じゃないの！」

　意外に口の悪い加茂さんが札から炎やら雷やらを放ちながらそう言い放つ。

　あー、なるほど、加茂さんはミルたんの行動原理を探るために、今日イッセーくんと共にアニメショップやメイドカフェに行ったんだね。デートというよりはイッセーくんが加茂さんにミルたんの秘密を見せていたんだ。

　ミルたんは巨体に見合わない軽やかな動きで加茂さんの攻撃を避《よ》けて、「魔法《パンチ》」を撃ち続ける。

「ミルたんは力の上がる魔法を使ってから攻撃をしているだけにょ！　これはれっきとした魔法だにょ！　せっかく、ミルたんの力の秘密を陰陽師の子に教えてもいいって悪魔さんに伝えたのに、そんなこともわからなかったなんて情けないにょ！　ほら、地をえぐる魔法にょッ！」

　鋭いパンチの衝撃で地面を深くえぐるミルたん！

「それはただの破壊力のあるパンチでしょうがっ！」

ツッコミながらも豪快なパンチを避けきる加茂さん。

……どうしようもない状況に皆が渋い表情を浮かべていた。

「……私、帰りますわ」

「ええ、そうですね。なんだか、拍子抜けしました。私も帰ります」

レイヴェルさんとロスヴァイセさんがため息を吐《つ》きながらこの場をあとにする。

「私はこの異種格闘戦を見ていくぞ。体術と陰陽道《おんみょうどう》の戦いなんてレアじゃないか」

「私も見ていくわ！　ここで見て天界に報告してもいいわよね！」

ゼノヴィアとイリナさんは物珍しさから一戦を見守ることに。

部長、アーシアさん、朱乃さん、小猫ちゃんはというと――。

イッセーくんを囲み、凄《すご》みの利《き》いたにらみを見せたあと、四人でどこかに引っ張っていく。

「ちょ！　ちょっと、皆！　なになに⁉　どうして俺をどこかに連れて行こうとしているの⁉　てか、怒ってます⁉」

軽く身の危険を感じたのか、イッセーくんは抵抗していた。アーシアさんはかわいらしく怒り、朱乃さんもニコニコ顔をしながらも体に電気を走らせていた。

「イッセーさんは私たちを心配させたのでちょっとお話をします！」

「そうですわね。私、かなり絶望しましたわ。ちょっとでもあのときの気持ちをプレイで再現できたら幸いですわね」

「アーシア、お話ってなに⁉　朱乃《あけの》さん、プレイはちょっと期待しちゃいます！」

小猫ちゃんは招き猫みたいな手の形を作る。

「……本気の猫パンチって知ってますか？　私たちを心配させたバツです」

「小猫ちゃん！　俺を殺す気なの⁉」

そして、最後に部長が――。

「ふふふ、心配して損したけれど、あなたへの愛情を改めて再確認できて良かったわ。でも、今回はちょっとだけ付き合ってもらうわよ？」

笑顔の部長に手を引かれて、イッセーくんは公園をあとにした。

いまだに繰り広げられる漢の娘と陰陽師女子高生の一戦の横で、僕とギャスパーくんは顔を見合わせた。

「ギャスパーくん。帰り、どこかで夕食とっていこうか？」

「は、はい、個室のある場所がいいですぅ！」

こうして、今回の騒動は幕を閉じた。

後日、聞いたのだが、イッセーくんはあのあと皆《みんな》と食事をしながら時間の許す限り、女性陣と楽しく過ごしたようだ。

ミルたんと加茂さんの一戦は——ゼノヴィアとイリナさん曰《いわ》く、ドローで後日再試合らしい。……最近の漢の娘と陰陽師って、パワフルだね。

イッセーくんと部室で再び二人きりになったとき、僕は彼に言った。

「何はともあれ、イッセーくん。変な行動はせず、正直に皆に話したほうがいいよ」

「……だな。俺もうかつだったわ。いやー、皆に変人と会わせたくなかっただけなんだけどね！　加茂さんって美人だけど、変な子だったぜ？　バトルマニアだもんな……」

苦笑いのイッセーくん。でも、キミのことが好きなヒトたちを心配させちゃダメだよ？

「けど、ちょっともったいなかったかな。もう少し加茂さんの相談を聞いて、もっと親密な仲になれたら——」

いやらしい表情でそう漏らすイッセーくんだったが、ふいに背後からのオーラに気づいたのか口をつぐんだ。おそるおそる彼がうしろを振り向くと——そこには異様な気をまとうオカ研女性陣が立っている。

「……うぅ、やっぱり、そういうことを考えていたんですね！」

「……下心が大ありですね」

涙目のアーシアさんと半眼でにらむ小猫《こねこ》ちゃん。あー、聞かれちゃったみたいだね。

「うふふ、どうしましょうか、部長？」

朱乃さんがおかしそうに微笑《ほほえ》みながら部長に問う。部長は苦笑いしつつ、イッセーくんの額を指で小突いて言った。

「じゃあ、またレストランで食事をしながら言い訳を聞きましょうか。――イッセーのおごりで」

「えぇぇぇぇぇっ！　お、おごりっスか！　小猫ちゃんやゼノヴィアなんて、めっちゃ食うんだけど⁉」

驚愕《きょうがく》するイッセーくん。ふふふ、大変だね。

イッセーくんを取り巻く女性陣のパワフルさは日に日に増していきそうだ。まあ、それだけ平和だってことだよね。

これからもキミがハーレム王になれるかどうか横でこっそり応援させてもらうよ。

兵藤家にて

「さて、そろそろ遅くなってしまったし。
今日はこのあたりでお暇するわ」

「またいつでもいらしてください」

「ありがとう。今度来たときは……そうね。
レーティングゲームだったかしら？
あれが見たいわ」

「レーティングゲームを？」

「ええ。悪魔だけじゃなく、
天使に堕天使、人間、それに神様まで
混じって戦うなんて面白そうじゃない」

「じゃあ、みんな集めて
鑑賞会でも企画しましょう！」

「楽しみにしているわ」

Life.Extra　ご先祖さまはトリックスター!?

　それは『地獄事変』――ハーデスを中心とした『地獄の盟主連合』との戦いが終わり、落ち着きを取り戻し始めた頃だった。

『兵藤一誠眷属《ひょうどういっせいけんぞく》』の仕事場である兵藤家から徒歩十分ほどのところの学習塾、その地下に設けられている事務所に俺たちはいた。悪魔の仕事をするためだ。

　三十畳ほどの広々とした室内。事務机がいくつも並ぶ。俺は事務所の奥にある大きな机――エグゼクティブデスクこと社長机に座り、各種書類と睨《にら》めっこしていた。

　書類を見ながらもちらりと、眷属の事務机のひとつに視線を向ける。

「…………」

　難しい表情で仕事用の書類を見つめつつ、時折タブレットPCも操作しては考え込むレイヴェルがいた。

　悪魔の仕事をしつつも、タブレットPCに映されているレーティングゲーム国際大会こと「アザゼル杯《カップ》」に関する資料を見ているのだ。

レーティングゲーム国際大会の本戦一回戦めを勝ち進んだ俺たち『燚誠《いっせい》の赤龍帝《せきりゅうてい》』チームの次の試合相手に関しての対処方法、戦術、情報精査をレイヴェルはずっと模索している。

次の相手は──「バベル・ベリアル」チーム。レーティングゲーム王者《チャンピオン》ディハウザー・ベリアルさんのところだ。

神クラスがいるチームをも降《くだ》してきた絶対王者のチーム──。

ただ、永い年月の間、公式のレーティングゲームで活躍してきただけあって、膨大な数の試合の記録、得意な戦術、メンバー個々の能力は冥界全土に広く知られている。「バベル・ベリアル」チームに関する研究は、他のレーティングゲーム・プレイヤーや専門家が永年多種多様な意見を唱えており、冥界ではそれに関する書籍群も販売されているほどだ。

そのため、すべてに目を通すのは非常に大変だが参考になる資料は山ほどあり、未知の敵を相手にするのとはまた違っていた。調べて楽に勝てる相手ならいいけど、そんなことは絶対にあるわけがない。

それらがあっても、多くの挑戦者が勝てないわけなのだから──。

……俺もレイヴェルに読んでおいてくれと言われた「バベル・ベリアル」の専門書を読

んではいるけど……レイヴェルが一番頭を悩ませているのは、他のことだろう。

——俺たちは現在、チームの『女王《クイーン》』枠が空いてしまっている。

いままでは仮面を被《かぶ》った女性——ビナー・レスザンことグレイフィアさんが、チームの『女王《クイーン》』として活躍してくれていたんだけど……前試合であるリアスチームとの一戦後、メンバーから脱退された。

グレイフィアさんの抱えていたもの、悩んでいた心情に変化があり、いったん戦いを止《や》めて、息子であるミリキャスのもとに帰っていった。

それに関しては、グレイフィアさんに世話になっていた俺たちとしても、とても喜ばしいことであり、引き留めるわけにもいかない。

ということもあって、俺たちは現在『女王《クイーン》』枠が空いていた。

次の試合まで刻々と時間は進む。新しく入れなければならない『女王《クイーン》』枠と、チーム全体で息を合わせるトレーニング期間も考慮すると……余裕はなくなってきている。

ソーナ先輩のところから移籍して、新たに俺の眷属『騎士《ナイト》』となった死神っ娘《こ》のベンニーアを試合用チームに入れて、既存メンバーの誰かを『女王《クイーン》』にするか。もしくはリアス眷属から誰かに『女王《クイーン》』枠へ参戦してもらうか。

ボーヴァも修行から、いまだに帰ってきていないんだよな……。

さてさて、どうしたものか……。

「「うーん」」

俺とレイヴェルが同時に難しい表情で、口からそう漏らした。

——と、室内に設けられている転移型の魔方陣が光り、仕事から帰還したのはイングヴィルドだった。

新人ということと、膨大な魔力から暴発してしまうゆえに一人でお客さんのもとに転移できなかった彼女も、最近単独で相手先に出張していた。

ま、彼女でもやれそうな簡単な仕事限定だけどね。あと、魔力と体調が整ってなさそうなときは、以前のように手の空いているメンバーがイングヴィルドの仕事に付き添っている（依頼者にとってみれば、美少女が二人も来るからお得なのかな）。

あくびをひとつすると、イングヴィルドは手に持っていた、報酬であろう高そうな箱入りのお菓子を俺に示す。

「ただいま。お菓子、貰《もら》ってきたわ」

俺はお菓子を受け取りつつ、労《ねぎら》いの言葉をかける。

「ああ、お帰り。お疲れさま、イングヴィルド。次まで待機していていいぞ」

俺がそう言うが、彼女はこちらが読んでいる本に興味を引かれたようで、じっと見ていた。

　イングヴィルドが言う。

「それ、『皇帝解体新書《エンペラー》』の最新版？　ディハウザー・ベリアルさんの戦術を時代ごとに解析した本よね」

「え？　あ、ああ、そうだよ。これ、知っているんだ？」

　驚く俺に彼女はうなずいた。

「うん。レイヴェルにいくつかそういう本を借りたことがあるから」

　――っ。そうだったのか。

　彼女は続ける。

「王者の戦い方って、その時代ごとに微妙に変えていたり、メタを張ってきた相手に試合中でも即メタのお返しをしたり……。単純にゲーム以外での戦い方にも通じるものがたくさんあるから、勉強になったと思う」

　そっか、イングヴィルドは自主的にレーティングゲームを調べていたのか……。

ていうか、すでに俺よりも王者について詳しいかもな……。

　イングヴィルドが言う。

「いまは名のある上級悪魔以上の者が持つ『特性』について調べているわ」

悪魔の特性について、か。そういや、上級悪魔になったゼノヴィアの眷属に加わったバルくんことバルベリスと、ヴェリネの特性の発現についても近々協力することになっていたんだよな……。特にバルベリスの類い希《まれ》な才能に俺が関わったら、逆におかしなことになりそうだから、むしろサイラオーグさんやリアスに任せたほうがいいようにも思える。

うーむ、相変わらず悪魔の仕事といい、試合の準備といい、頼まれ事といい、『王《キング》』としての勉強といい、俺はやることが多くて、時間が足りないな……。

今日の仕事がひと段落つき、仕事に出ていた皆が帰ってきた頃、レイヴェルが腕時計を見ながら言った。

「そろそろ、お約束の時間ですわ。——あのお方との」

そう、今夜はまだ大事な用事があったのだった——。

《レーティングゲーム国際大会の本戦トーナメントも第五戦めとなります！　相対するチームは、最強の神滅具《ロンギヌス》と呼ばれる『黄昏の聖槍《トゥルー・ロンギヌス》』の所有者！　曹操《そうそう》選手が率いる『天帝の槍《やり》』チーム！　対するは北欧神話勢力から、伝説の炎の巨人！　スルト選手が率いる巨人の軍団『黑』チームですッ！　人間と巨人の対決！　さあ、どうなるか！》

リビングのテレビに映る『アザゼル杯《カップ》』の記録映像。

俺たち兵藤家に住まう者＋αのメンバーは、リビングに集まり、曹操のところの試合を見ていた。ただ、すでにこの試合は終わっていたりする。俺たちは結果も確認していた。

では、なぜ大人数が集まって、結果を知っている試合の記録映像を観賞しているかというと――。

映像で曹操が聖槍《せいそう》を煌《きら》めかせながら、巨人の一体を豪快に槍の払いで転ばせていく。

その様子を見て、紅髪のリアスの隣に座る、もう一人の紅髪の少女がお菓子を食べながら、ぼそりとつぶやく。

「うーわ、すご。『黄昏の聖槍《トゥルー・ロンギヌス》』をこんなに安く見られるなんてね」

そう言うのは――駒王学園《くおうがくえん》の女子生徒の制服を着込み、長い紅髪をツーサイドアップにした美少女悪魔、初代グレモリーさまことルネアス・グレモリーさまだった！

そう、今夜の大事な用事、約束とは、初代さまとの試合観賞だ。どうしてもレーティングゲームの試合――特に聖槍が見たいとのことで、俺たちはすでに終えている対戦を初代さまと見ていた。兵藤家のリビングで――。

くつろぎモード全開なのか、ニーソックスを脱いでいた。生足最高です。

グレモリーに連なる者にとって、初代グレモリーといえば超ＶＩＰを超えたお方でもあるので、当初上階にあるVIPルームで観賞するつもりだったのだが――。

「リビングで十分よ。大仰にしないで」

――と、おっしゃった。それでリビングで曹操の試合を皆で見ていた。

「ルネアスさん、コーヒーよ。お砂糖とミルク多めでいいのよね？」

俺の母さんが、フレンドリーに笑顔で淹《い》れたてのコーヒーを初代さまに出していく。

「あ、どーも。ありがとうございますぅ」

微笑《ほほえ》んで受け取る初代さま。

「うふふ、かわいい方ね。ルネアスさんって」

俺にそれとなく、そう感想を漏らす母さん。

……うちの母さん、初代さまをリアスの家族の一人としか認識していない。一応、説明はしたんだけどね。ま、家族といえば家族だけれど……少々遠い血縁関係だが。

何せ、最古の当主さまと、最新の次期当主さまだからな……。

《あーっと！　『天帝の槍』チームの『兵士《ポーン》』である選手が複数、一気に『黒』チームの『戦車《ルーク》』ことフルングニル選手になぎ倒されていきますッ！》

伝説の巨人の、猛烈な攻撃で曹操のところの『兵士《ポーン》』枠の選手がやられ、リタイヤしていく。相変わらず、北欧の巨人の攻撃は強烈だ。

ちなみに「天帝の槍」チーム・大会登録メンバーは――、

・王《キング》――曹操
・女王《クイーン》――関帝（神クラス）
・戦車《ルーク》――ヘラクレス
・戦車《ルーク》――コンラ（神器《セイクリッド・ギア》『闇夜の大盾《ナイト・リフレクション》』の所有者）
・騎士《ナイト》――ジャンヌ
・騎士《ナイト》――ペルセウス
・僧侶《ビショップ》――ゲオルク
・僧侶《ビショップ》――マルシリオ（神器《セイクリッド・ギア》『幻映影写《ドリームライク・カース》』の所有者）
・兵士《ポーン》×8――元英雄派の構成員8名

と、なっている。ま、以前と変わらずの構成だ。
一方のスルトが率いるチーム「黒」の大会登録メンバーはというと、

・王《キング》――スルト（炎の巨人の王《ムスペル》）

・女王《クイーン》——シンモラ（スルトの妻）
・戦車《ルーク》×2——フルングニル（霜の巨人《ヨトゥン》）
・騎士《ナイト》×2——フレースヴェルグ
・僧侶《ビショップ》×2——ウトガルデロック（霜の巨人《ヨトゥン》）
・兵士《ポーン》——炎の巨人《ムスペル》の戦士（駒価値2）　4名

と、なっていた。凶悪な強さを持つ伝説の巨人や巨人の戦士といった構成だった。予選の試合ではあらゆる勢力のチームを豪快に強引に吹っ飛ばしてきた面子《めんつ》だ。

『よし！　足止めしたぞ！　ヘラクレスッ！　ジャンヌッ！』

ゲオルクの作った魔法の鎖が『兵士《ポーン》』枠の炎の巨人二体をがんじがらめにしていき、そこにヘラクレスの爆破の神器《セイクリッド・ギア》能力とジャンヌが生み出す巨大なドラゴンが連係攻撃をして、巨大な巨人を打ち倒していく。

相手のチーム『黒』は、『王《キング》』であるスルトをはじめ、二十から三十メートルといった巨体を持つ伝説の巨人ばかりだ。ただ、『兵士《ポーン》』枠の炎の巨人《ムスペル》は少しサイズが小さく十数メートルほどだ。

『いくぞ、ゲオルク』

『ああ、曹操！』

すでに禁手《バランス・ブレイカー》となった曹操（後光のようなものを背中に発現している）が膨大なオーラをまとった聖槍を振るい、ゲオルクが上位神滅具《ロンギヌス》のひとつ『絶霧《ディメンション・ロスト》』による霧の力と得意の魔法の多芸さで、伝説の巨人相手に確実にダメージを与えていく。

巨人たちはその巨体とそこから生み出される絶大な攻撃力でパワフルに仕掛けてくるため、搦め手《からめて》――技巧派のチームや卓越したテクニックタイプ、ウィザードタイプを苦手としていた。

それゆえ、最強の人間候補の一角と賞され、テクニックタイプの雄である曹操と、魔法の使い手であるゲオルクは相性的には有利――とされていた。

ただ……相手は北欧神話に記されているほどの巨人たちだ。簡単に有利を取れたら、苦労はないだろう。現に曹操は試合の序盤《オープニング》から、禁手《バランス・ブレイカー》となっていた。出し惜しみをしていたら、すぐに巨人たちに吹っ飛ばされると理解していたからだ。

『天帝の槍』に所属する神クラス――関帝も負けてはいない。赤毛の巨馬にまたがり青龍偃月刀《えんげつとう》を振るって、巨人相手に確実にダメージを与えていく。

神滅具《ロンギヌス》所有者を見て、ぼそりと初代さまが口に出す。

「いま十八種なのでしょう？　目を覚ますたびに増えてるわね、『神滅具《ロンギヌス》』って」

なるほど、永い眠りを取っては定期的に起きている初代さまから見れば、そういう感想になるのか。

試合の映像を見ながらパリパリとお菓子――せんべいを食べる初代さま。ただし、そのお菓子の袋には……木場《きば》の姿がプリントされていた。

「初代さま、何をお食べになっているんですか？」

気になった俺が初代さまに問う。

初代さまが袋を見せながら答えられる。

「え？　これ？　これは『木場きゅんパイセン』っていうグレモリー領の新しいお菓子よ。日本のおせんべいってお菓子を参考にしたそうよ」

そ、そうなんだ。グレモリー領が出しているお菓子、せんべいか……。

グッズの存在に木場は「……こ、こういうのも出ているんだね……」と困惑気味だった。

本人も知らなかったのか……。

ま、まあ、とはいえこちらも、俺が知らないおっぱいドラゴンのグッズとか冥界でわんさか出ているしな。

「………」

ふと、視線を配ればイングヴィルドが真剣に試合を見ていた。ちょっと前までは、こういうときはうつらうつらと眠そうにしていたんだけどな……。

レイヴェルが小声で俺に言う。

（イングヴィルドさま、最近、色々なレーティングゲームの記録映像を見ていますわ。過去のイッセーさまたちが行った試合も何度も観賞されていたりします）

――っ。

……そうなのか。俺たちが戦った過去の試合の記録映像まで何度も見ているんだな。

ということもありつつも、テレビに映る試合の映像は進んでいく。

《おーっと、これは！『黒』の『戦車《ルーク》』フルングニル選手の持つどデカい槍が、『天帝の槍』チームのメンバーを襲うッ！》

苛烈すぎる伝説の巨人の攻撃は、直撃しなくともその余波だけで人間である英雄派のメンバーの体力を奪う。

『引くぞ』

曹操は一旦メンバーと共に戦線から離脱していった。それを巨人たちが追っていく。

巨人を一体、また一体と彼らの仲間から引き離したとき、曹操がチームメンバーの者たちに号令をかけた。

『よし、囲むぞ！　ゲオルク！』

名を呼ばれたゲオルクは、リーダーの指示を聞き、神器《セイクリッド・ギア》能力を高めていく。『絶霧《ディメンション・ロスト》』の禁手《バランス・ブレイカー》――『霧の中の理想郷《ディメンション・クリエイト》』を発現した。

『魔獣騒動』の影響で神器《セイクリッド・ギア》に制限がかかっているが、大会の本戦で特別に緩和してもらえたみたいだ。

禁手《バランス・ブレイカー》による霧の力で、ゲオルクはゲームフィールド内に独自の結界を創りだしてしまう。

そこに伝説の巨人を一体封じ、曹操《そうそう》をはじめとした『天帝の槍《やり》』チームの選手が複数人で入り込んでいく。

強力な結界の中に単独で封じられた巨人、そこを複数で相手をしていく戦法だ。

『一体一体確実に倒す！　続けッ！』

『『『了解ッッ！』』』

曹操の声でチームメンバーが応え、結界内に封じられた伝説の巨人を攻撃していく。

『ぬ、ぬおおおおおッ！』

結界内で大暴れする巨人だが、聖槍と七宝《しっぽう》を筆頭とした複数の禁手《バランス・ブレイカー》による猛烈な攻撃と、関帝による神のオーラをまとった青龍偃月刀は確実にダメージを与えていく。そして――。

《「黒」チームの『僧侶《ビショップ》』一名、リタイヤ》

曹操たちは巨人の一角、幻術の使い手とされる『僧侶《ビショップ》』枠のウトガルデロックを倒した。

「まともに正面から戦うよりも、封じてからひとつひとつ戦力を削《そ》ぐ。そのほうが消耗も少なく、ベストですわね」

レイヴェルは曹操たちの戦い方をそう評していた。

『次だッ！』

その勢いのままに、曹操たちは次の巨人も禁手《バランス・ブレイカー》による霧の結界に一体だけ封じていき、そこに『天帝の槍』チームのメンバーが入り込んで相手をしていく。

『ぬ、ぬぅぅうっ！　おのれぇぇっ！』

結界に単独で封じられた『黒』チームの『騎士《ナイト》』フレースヴェルグ（鷲《わし》の頭部と翼を生やした巨人）は得意の風属性の魔法で大暴れして、曹操たちにダメージを与えるものの――。

《「黒」チームの『騎士《ナイト》』一名、リタイヤ》

ついには撃破《テイク》されてしまう。

曹操たちが伝説の巨人の二体めを倒してしまった。

『おおおおおおおおおおおおおおおおおおおおっ！』

この結果に記録映像内の観客も大フィーバーする。予選であれだけ暴れていた北欧の巨人チームが、サイズ的に劣る人間に打ち倒されているのだから、その光景は神話のいちシーンのように映り、観衆が盛り上がるのも当然だった。

そして、相手チームを分断する霧の結界は――『女王《クイーン》』シンモラを捉えようとしていた。

シンモラは凶悪な強さを誇る女性の巨人だが、スルトの伴侶でもある。シンモラがゲオルクの結界に封じられたときだった。

自身の伴侶が結界に捕らわれたと知ったスルトは、巨体から莫大《ばくだい》な炎のオーラを噴出させる。

『ここまでやるとはな、人間の英雄。よくぞ、俺たちにここまでダメージを与えた。ゆえに――見せてやる。本当の神の武具というものをッ！』

そう叫ぶなり、スルトは大きな手を天高くかざし、そこに猛烈な――漆黒の火炎を生みだしていく。

スルト自体も全身に黒い炎をまといだした。

俺はその姿に、以前読んだことのある北欧神話の資料の一節を思い出す。

——その者は、『黒』、『黒い者』と呼ばれる。

——「北欧神話」世界の南の果てにある灼熱《しゃくねつ》の国『ムスペルヘイム』を守る絶対の巨人。

——『エッダ』にて、世界を焼き尽くすとされる。

——名を炎の巨人《ムスペル》の王スルト。


スルトの右手で強大なオーラを放ちながら燃えさかるのは——黒き炎の剣。

スルトが言う。

『——レーヴァテイン』

その光景を見ていた実況席の解説者、グリゴリの現総督であるシェムハザさんが言う。

《いますぐ、バトルフィールドの強度は強めたほうがいいです。あれはすべてを燃やし尽くす……すべてを灰に帰する黒の炎ですからっ！》

そう助言するほどだった。

このとき、大会の運営陣はすぐにバトルフィールドの強度を高めたという。

スルトの右手に持った強烈な神の炎を放つ剣は、周囲の風景を容赦なく燃やし、溶かすほどの熱量を生む。映像もあまりの熱さに歪《ゆが》みだすほどだった。

『燃え尽きろ』

言うなり、スルトは伴侶が封じられている結界を──神の剣で一刀両断していった。

魔法のエキスパートであるゲオルクの、神滅具《ロンギヌス》の禁手《バランス・ブレイカー》で創られた霧の結界が、呆《あっ》気《け》なく吹き飛ばされていく。

神滅具《ロンギヌス》の力が十全であれば、この結界が保ったかもしれないけど……。

『がっ！』

『なっ！』

結界内にいたヘラクレスとジャンヌがレーヴァテインの一撃の余波を食らい、リタイヤの光に包まれていった。

《「天帝の槍」チームの『騎士《ナイト》』一名、『戦車《ルーク》』一名、リタイヤ》

一撃で結界ごと英雄派の猛者《もさ》を二名、ぶっ倒してしまった。

スルトは解放された伴侶のシンモラを後方に下がらせると、灼熱の黒い炎を放つレーヴァテインを曹操チームの戦士たちに振るう。

『なんて熱さ！』

『ぬあああああっ！』

伝説の巨人の王が神の剣を振るうだけで、曹操チームの選手が一人、また一人と大ダメージを受けて、リタイヤの光に消えていく――。

曹操がゲオルクに叫ぶ。

『ゲオルク！　俺とスルトを例の結界で包め！　――アレを出す』

『――ッ！　了解だッ！』

リーダーの意を理解したゲオルクは、いま一度神滅具《ロンギヌス》の霧を発現していき、魔法と絡《から》めて強固の結界を生みだし、そこに曹操とスルトを転移させた。

――両チームの『王《キング》』同士による対決！

しかし、結界内が濃霧に包まれていき、映像では視認できなくなった。

ただただ黒き炎の斬撃のオーラと、聖槍《せいそう》による聖なるオーラが、内部を濃霧に包まれた結界の外から確認できるだけだった。

結界の外ではゲオルクと関帝や残った選手で、シンモラと別の巨人選手との激しい戦いが繰り広げられていた。

戦闘の流れは、巨人側にある。レーヴァテインを解放したスルトと、残存戦力を鑑《かんが》みれば英雄派チームは不利だ。

このまま続けば曹操のチームは敗北濃厚……と思われたが、この試合は意外な形で決着がつく。

《え？　確認されたのですか？》

実況アナウンサーが困惑気味の声を出す。試合で何かが起きたようだった。

アナウンサーが驚きながら言う。

《えーと、「黒」の『王《キング》』であるスルト選手が――自ら投了《リザイン》を宣言したそうです。……ですので、試合は……「天帝の槍」チームの勝利となります》

この結果に観客席は大いにどよめいた。

当然だ。あれほど凶悪なレーヴァテインを解放したスルトが、自ら敗北を宣言したというのだから――。

結果をすでに知っている俺たちは、驚きはないが……やっぱ大番狂わせの光景だよな、これって。最初試合の映像を見たとき、俺たちもビックリ仰天だったし。

ゲオルクが、曹操とスルトを囲んでいた霧の結界を解いた。

濃霧が晴れた先にあったのは――全身から煙をあげ、体の至るところから血を流す曹操と、左腕を肩口から失ったスルトだった。

よく見れば曹操の眼帯が外れ、失っているはずの眼《め》が金色に輝いていた。……以前リアスは、おそらく何か特殊な力を持つ義眼なのだろうと述べていた。

曹操は聖槍につかまり、どうにか立っているという様子で、息も絶え絶えだ。

曹操がスルトに問う。

『……なぜ、投了《リザイン》した？　あのままなら、俺が、俺たちが負けていたはずだ』

スルトはレーヴァテインを手元から消し去ると、曹操のほうに視線を送る。

『聖槍使い。あの技は――まだ使い切れていないのだろう？』

『……ええ、まあね。神クラスの強者に使ったのは今回が初めてだ』

『だろうな。あと、五回――いや、二回か三回、強者相手に使い慣れていたら、俺も危なかっただろう。それほど、恐ろしい技だった』

スルトは曹操に告げる。

『神器《セイクリッド・ギア》とは、神滅具《ロンギヌス》とは、想《おも》いの力で進化、成長し、さらには劇的な変化があれば奇跡のような現象を生み出すと聞く。この大会を進めば、もっと強くなった聖槍を見られるかもしれない。そう脳裏をよぎったら、今回の大会はこれで満足だと感じてしまったのだ』

炎の巨人《ムスペル》の王スルトは続けて言う。

『我は、「ムスペルヘイム」の守護者であり、アースガルズの敵対者。そして、未知の脅威を燃やし尽くす者。ケガをこれ以上増やせば、大事に障《さわ》るかもしれない。ゆえにここまでで十分だ』

巨大なスルトは膝を突き、右手を曹操《そうそう》に突き出す。握手の格好だった。

『強くなれ、若者。おまえや二天龍《にてんりゅう》、他の神滅具所有者の成長は楽しみだ。いち戦士として な』

曹操はきょとんとしながらも、スルトの意思を汲《く》み、手を差し出し握手に応じた。炎の巨人の手に曹操の手を添える形での握手。そのときの巨人の炎は聖槍使いを焼かず、ただただ雄々しく燃えさかるだけだ。

曹操が言う。

『わかった。さらに強くなることを約束する。——また、俺たちと戦ってくれ。炎の巨人《ムスペル》の王よ』

人間と巨人の、サイズの合わない握手。だが、なんだか爽やかで素敵だった。

試合はこうして曹操たちの勝利で終了となった——。

「たぶん、濃霧のなかで曹操が使ったであろうあの技ってのは七宝《しっぽう》最後の能力かな。眼のほうも気になるけど……。スルトが相手なら、調整中って言っていた七宝の能力だよな」

俺がそう述べる。

リアスが言う。

「この間、曹操とジャンヌがこの家にちょっとした用事で顔を見せたとき、そのことについて訊《き》いたわ。教えてくれなかったけれどね。ただ――」

　リアスはこう続ける。

「キッチンに備え付けているソフトクリームメーカーに曹操が興味を引かれていたようだから、『試合でスルト相手に使った新技を教えてくれたら、それあげてもいいわ』と言ったら、ちょっと考え込んでいたのよね」

　そのあと、曹操はジャンヌに、

『ちょっと！　そんなことで簡単に教えていいものなの⁉』

――と、突っ込まれたようだ。……曹操は「口がお子さまだ」って、自分で言うぐらいだし、相当ソフトクリームメーカーに心が惹《ひ》かれたんだろうな……。

　結局、リアスはそのときに聞けずじまいとなったようだ。

　ま、試合を進めていけば、いずれ皆の前に出さざるを得なくなるだろう。それだけの強者が集まるトーナメントなのだから。

　それに何か大きな事件で共闘するときに教えてもらったり、見せてもらえるかもしれないしな。

――と、まあ、曹操たちの試合の映像はそこまでだった。

　試合の映像を見終えて満足した初代さまが、ぼそりと口から漏らす。

「私もこの大会に参加してみようかしら」

『――ッ⁉』

この言葉に俺とリアスを中心に多くの者が驚愕《きょうがく》する。

リアスが困惑しながら問う。

「しょ、初代さま！　それは突然といいますか……さすがにいまからでは――」

「あら、勝ち残っているチームには途中参加でメンバー入りしてもいいのでしょう？」

初代さまは平然とそう述べられた。

……国際大会本戦トーナメントのルールもある程度以上は把握していそうだ。

現代のグレモリーとして、リアスは心配の声音で続ける。

「公にはご生存されているのを秘密にしているのですから――」

初代さまもこう返す。

「サーゼクスくんの奥さん……グレイフィアちゃんは確か仮面をつけて参加していたわよね。あーいうのでエントリーできるのではないかしら？　イッセーちゃんの『女王《クイーン》』枠、空いてしまったから困っているという話も小耳に挟んでいるし」

色々と耳が早いお方だ。というよりも現代の情報を抜け目なく収集されているようだ。

レイヴェルが困りながら言う。

「た、確かにそれはそうなのですが……まだ色々と検討中でして……」

「なーるほど」

一定の理解を示したかのような初代さまだったが――一転して、小悪魔的な笑みを作り、俺たちを見渡しながらこう告げてくる。

「うふふっ。けれどね、グレモリーの子らよ。始祖である私がその気になれば、グレモリーに連なる者を強制的に従えることだって……」

そう言いながら、手を前に突き出してくる初代さま！

「なっ！　そ、そのようなことが⁉」

いっそう驚愕を強めるリアスや俺たち！　マジか！　そんなことが可能なのかよ⁉

身構える俺たちグレモリーに連なる者たち！

……………………。

――と、何も起きない。初代さまのほうに視線を送ると、

「――出来ればいいなーって思うのよねー。むむむぅ……」

かわいく唸《うな》りながら、そう述べられた。初代さまはそのまま「従えー、従えー」って手を突き出して念じている。

じょ、冗談だったのか……。始祖の悪魔に秘められたパワーが、いま解き放たれるとか

思ってしまったぞ。

初代さまが何かに思い至ったようで視線を――イングヴィルドに向けていた。

「あ。――ということは、グレイフィアちゃんの代わりはやっぱりその子ってことかしらね？」

皆の視線を集めてしまったイングヴィルド本人はきょとんとしていたが……。

自身を指さし、俺とレイヴェルを見ながら言う。

「私、試合に出られるの？」

「「えっと……」」

そう問われ、俺もレイヴェルも異口同音で返答に困ってしまう。

――と、朱乃《あけの》さんがこの場にいる全員に言った。

「試合の映像も観賞し終わりましたし、今夜はそろそろ解散でよろしいでしょうか？　明日の休日は午前中から皆でトレーニングをする予定ですし」

朱乃さんが言うように明日は新旧オカ研メンバーを中心とした布陣でトレーニングをすることになっていた。

初代さまが言われる。

「そうだったのね。今夜はありがとう、私のわがままに付き合ってもらってしまって。お礼というわけではないけれど、グレモリーの始祖として、明日あるっていうそのトレーニングとやらで――リアスちゃんに秘伝の技を教えてあげる」

初代さまのお言葉にリアスは驚きの表情となる。

「――っ。ほ、本当ですか？」

リアスの返しに、

「ええ、任せてちょうだい♪」

自信ありげに胸を張る初代さま。

――となると、明日のトレーニングは初代さまもご参戦ということになるのかな。

さて、それがいったいどうなることやら……。

こうして、曹操チームとスルトチームの試合観戦は終わり、明日を迎えることになる。

―○●○―

明くる日――。

グレモリー領の地下に広がるグレモリー眷属《けんぞく》用のトレーニング空間で俺たちは各々《おのおの》の訓練をしていた。ちなみにこのトレーニング空間は、俺専用のところではなく、グレモリー眷属で使っているところだ。

地獄事変のあとにソーナ先輩のところから、リアス眷属や俺の眷属に配属となったルガールさん（リアスの新しい『戦車《ルーク》』）とベンニーア（俺の新しい『騎士《ナイト》』となった）とのチームとしての連係などを中心に個々の特訓、俺のチームとしても課題である対王者ベリアルチーム戦への対策トレーニングと、午前と午後、お昼休憩を入れながらの一日がかりのものとなっている。

魔法も使える狼《おおかみ》男のルガールさんは、リアス眷属を中心に同じ『戦車《ルーク》』である小猫《こねこ》ちゃんとロスヴァイセさんを交えて特訓をしている。近接の小猫ちゃん、魔法のエキスパートであるロスヴァイセさんとの訓練はルガールさんの能力とバランスがいいと思う。

ベンニーアのほうは、俺のチームを中心に『騎士《ナイト》』のゼノヴィア、相棒の転生天使イリナ、リアスのところから『騎士《ナイト》』の木場《きば》が加わり、『騎士《ナイト》』の特性であるハイスピードバトルを前提にしつつも、ベンニーアの持ち味でもある死神《グリム・リッパー》の鎌での斬撃《ざんげき》も生かす連係トレーニングとなっていた。

今回、合流していないのはストラーダ猊下《げいか》、クロウ・クルワッハ、ボーヴァぐらいかな。

リントさんも元リアスチームのメンバーとして、

「自分、なんでもお手伝いするっスよー」

──と、広大なトレーニング空間のあちらこちらで展開されている特訓場所に天使の羽でパタパタと飛んでいっては顔を出し、その都度、色々な注文を快く受けていた。

同様にゼノヴィア眷属に移籍した仁村留流子《にむらるるこ》さんも自慢の走力でこの空間を駆け回り、今回は特訓のお助け役を引き受けてくれた。

と、そのような布陣だった。大体の者がお決まりのジャージ姿だった。

……ここにいないクロウ・クルワッハには、うちのボーヴァについて訊きたかったんだが……伝説の邪龍《じゃりゅう》のしごきは次の試合までに間に合うんだろうか？

『クロウ・クルワッハの特訓についていけず、倒れていないといいがな』

俺の内でドライグがそう言う。

俺はクロウ・クルワッハのことを信用しているぞ。もちろん、ボーヴァのこともな。ただ、時間内に仕上げてくれるかどうかは別だろうけど……。

ふと豪快にオーラをぶつけあって衝撃音と衝撃波を生みだしている方向に視線を向けると──黒い獣と化したギャスパーと龍鬼人となった百鬼、同級生同士による模擬戦の最中だった。

《こちらの停止を躱《かわ》すなんてやるね！》

「俺の本気の拳打を、闇のオーラになって直撃を避けるそっちも大概だッ！」

ギャスパーの停止の力を範囲外に音もなく避ける百鬼。龍鬼人の力のこもったパンチとキックを巨軀《きょく》の獣に放つものの、巨体が闇と化して霧散し、直撃を許さない。

ったく、どっちも搦《から》め手《て》な攻撃もできるっつーのにあえて肉弾戦をするあたり、俺たちの仲間らしいというか……グレモリー男子の系譜だな！　って思える。

それで俺はというと、すでに木場と共にここへ皆よりも早めに来て、二人でいつもの特訓を長々とやっていたりした。なので現在はちょっと休憩タイムだ。

朱乃さんの手作りおにぎり（明太子《めんたいこ》）、アーシアの手作りたまごサンドイッチ、木場の手作り肉巻きおにぎりを食べながら、俺はとあるトレーニング風景に視線を向けていた。

「はい、はい、がんばって我が子孫のリアスちゃん」

「は、はい」

リアスの謎の特訓と、稽古をつけている初代グレモリーことルネアス・グレモリーさまだった！

……昨夜初代さまがおっしゃっていた「グレモリー始祖による秘伝の技」の特訓、なのだと思うけど……。

とうのリアスは両手を前に突き出して、両足はちょっと屈《かが》むといった体勢のまま、全身に薄くオーラをまとわせて、そのポーズの状態で静止していた。

初代さまはあれやこれやの指示を飛ばし、その都度でリアスがポーズを変えたり、オーラの量を上げたり下げたりしていた。

「いいわ、リアスちゃん。その調子その調子」

「は、はい」

お菓子を食べながら、初代さまはリアスにそう告げる。

「あ、あの、初代さま。そのお菓子は……」

初代さまが手に持つお菓子と、その袋が気になったので俺が問う。

木場の絵柄がプリントされた袋を見せながら初代さまが答える。

「これは『きゅんパイ』っていうパイ菓子ね。美味《おい》しいわよ」

──また、木場関連のお菓子⁉

いつの間にか近くに来ていた木場が、「……僕のいろんなあだ名が冥界で商標登録されてるんだね……」と、またまたちょっと複雑そうな表情となっていた。

リアス・グレモリー眷属やその系譜にいる者たちは、あらゆる情報が商材になり得るんだな……。グッズで発生するお金はその分だけ俺たちの口座にも振り込まれているけどさ。

ま、まあ、それはいいとして、初代さまに訊《き》こう。

「ところでリアスは何を？　これは、どのような技なんですか？　あ、直系の子孫にしか教えられませんよね。す、すみません……」

過ぎた発言だったと思ったので謝る俺。

初代さまは気にされずに俺に答える。

「この秘伝のこと？　そうね。――たぶん、こんな技だったような気がするの」

――っ。

………た、たぶん？

すごく怖い言葉が耳に入ったんだけど……リアスは真剣にいろんなポージングをしているわけで……。

とうのリアスが初代さまの命を聞き、片足立ちをして、バレエの白鳥の湖を思わせるポーズをしている。

初代さまが訝《いぶか》しげな表情となって言われる。

「あれ？　これ、違ったかしら？　というか、秘伝で……ううん、口伝だったかな……？確か、何百年か何千年か前にすごそうな技を思いついて……いえ、でも、あのときのアイディアって、結局その時代の当主にもダメ出しされて……」

初代さまはそう考え込むものの、次の『きゅんパイ』の袋を開けて、パイを口にしながら開き直りとも思えるように言った。

きゅんパイ

「まあ、いいトレーニングにはなるでしょう。体動かしてるし」

——て、適当すぎる！　なんだ、この自由な初代さまは⁉

そうとは知らずにリアスは真剣に指示を乞う。

「初代さま！　次はどのようにすればよろしいのでしょうか？」

「そうね。えーと……グレモリー的なポーズをしながら、頭のなかにラクダを三匹？　思い描いてちょうだい」

「……グ、グレモリー的なポーズ……こうかしら？　ラクダをイメージするのはかなりしんどそうね」

「じゃあ、その状態をまた五分ぐらいキープしましょうか」

「は、はい！」

リアス的にラクダ（？）を思わすと考えられる珍妙なポーズをした子孫を見て、初代さまがぼそりと漏らす。

「………あ、これ。ダメそうね」

ひでぇ！　なんだそりゃ⁉

フリーダムすぎるグレモリー始祖の発言と行動に、目玉が飛び出るほど驚くしかない俺！

でも、まあ、どう考えてもこの特訓、そりゃダメですよね……。

　……ほどよいタイミングでそれとなくリアスに伝えよう。ダメージは少ないほうがいいだろうから……。

「……うーん、あれこれやってるけど……。始祖の私が直接関われば……子孫が固有の『特性』とか発現しても……リアスちゃんなら……。むー、どうすれば……うーん」

何やら初代さまは意味深な言葉をぶつぶつと口から漏らしながら、思慮されている様子だった。

……怪しさ爆発な特訓だけど、初代さま的に何かを目指して真剣に子孫のリアスを鍛えようとしているのかな？

――と、この場に意外な人物が登場する。

「……リアスは何をしているんだ？」

リアスの特訓風景を見ながら困惑気味なライザー・フェニックスが後方から現れる。

「あ、ライザーさん。来られたんですね」

「ああ、試合に負けたからな。大会用のトレーニングはなくなった分、スケジュールも緩やかになった。それでおまえたちに会いに行こうと思ったら、ここをグレモリーの関係者に教えてもらってな」

なるほど、俺たちに会いに来てくれたのか。

「試合、見ました……」

俺は残念そうな声音でそう言う。

ライザー・フェニックスが所属していたレーティングゲーム国際大会のチーム『不死鳥《フェニックス》』は、本戦トーナメントで敗退となってしまっていた。

彼らが戦った相手は──『王たちの戯れ《たわむ》』チーム。俺たちが予選で戦った魔物の王ことテュポーンが『王《キング》』のギリシャ神話、北欧神話の混成チームだ。

北欧の現主神ヴィーザルさんやオリュンポスの現主神アポロンさんが所属しているという、本大会参戦チームのなかでも最強格の強豪──。優勝候補のひとつでもあった。

ライザーのチームは、お兄さんのルヴァル・フェニックスさんが『王《キング》』であり、聖獣のフェニックスやエジプト神話の霊鳥ベンヌ、神滅具《ロンギヌス》のひとつ『機界皇子《アンノウン・ディクテイター》』を持つマグナス・ローズさん（本職はCIAエージェント）たちが参加していた。

レーティングゲームのランカー・トップ10に名を連ねたことのある『王《キング》』ルヴァルさんのもと、フェニックスの不死身も生かした戦術で戦ってきたが……。

相手のチームは伝説の魔物、神々の力を存分に用いてきて、そのフェニックスの不死身すらも強引に打ち崩していき……『不死鳥《フェニックス》』チームは敗退となった。

ライザーは晴れやかな表情で言う。

「ま、善戦はしたさ。やはり、俺たちの不死身は、神クラスの一撃が相手だとさすがに保たないな。……ていうよりも、よくアレに勝ったな、おまえら……。特級悪魔の称号は伊達《だて》じゃないわけだ」

「いえ、あのときは特級じゃなかったですけど……。俺たちも大いに苦戦しましたよ」

本当、『王たちの戯れ』チームとの試合はドライグの顕現がなかったら……俺たちも負けていたかな。それぐらい、あまりに強すぎる相手だ。

……神クラスが相手なんだから、本来「強すぎる」って感想だけじゃ済まないものなんだろうけど……。俺らも色々な相手と戦ってきたからな。

『相棒もそれだけ強くなったということだ』

俺の内でドライグもそう言ってくれる。

「ドライグが顕現できなかったら、絶対に負けてましたよ」

俺が正直な気持ちを吐露したら、ライザーも「おまえらみたいな奇跡、俺たちにも起きればな」と苦笑していた。

──と、先ほどからライザーがちらちらと、とある方向が気になって視線を向けていた。

そう、初代さまを視認したからだ！　さすがスケベなフェニックスだぜ！

俺に小声で訊いてくる。

(……ところでずーっと気になってたんだが、そこの紅髪の娘は誰だ?)

(あ、えーと……)

返答に困る俺。

近い関係者にしか、初代さまの正体を明かしていないんだよね……。ライザーの訪問は想定外だったから、この場にかち合わせてしまった。

さて、どう返していいか苦慮しているときだった。

初代さまがこちらに気づき、微笑《ほほえ》みながら近寄ってくる。

「はじめまして、フェニックス家の方ですよね?」

そんなふうにライザーに話しかける初代さま。

ライザーはジャケットをただし、笑みを見せながら言った。

「あ、ああ、俺はライザー・フェニックス。フェニックス家の三男だ。って、グレモリー家の者なのに俺のことは知らないのか?」

そう問い返すライザー。初代さまは申し訳なさそうな表情をした。

「すみません。俗世に疎《うと》い生活をしていたものですから……」

そして、衝撃的な紹介をし始める!

「私、ネアス・グレモリーといいます。リアスお姉さまの……母違いの妹です」

——っ！

……なんてこった！　リアスに突然複雑な妹が出来ちまったぞ⁉　とうのリアスにはこの会話が届かず、真剣に謎のポージング訓練をしているだけだった。

初代さま、いきなり嘘《うそ》の自己紹介を優雅な笑みを浮かべながら平然と言い放つなんて！

ライザーは納得してうなずく。

「——となると、そうか。……ふっ、ジオティクスさまも隅に置けないな」

意味深に苦笑いするライザー。

「リアスの元婚約者である俺のことを知らないのも合点《がてん》がいった。複雑な事情があり、本家とは距離を置く生活をしていた……。しかし、最近になってそれが解かれて、姉妹で会えるようになった。そういうことだな。なるほどなるほど……」

なんだか、一人で妄想を語りながら納得しているぞ、このヒト……。

「そうなんです。うふふ」と初代さまはライザーの作った設定に合わせるように微笑んでいた！

リアスのお父さん。とんでもないところでとんでもない設定が作られてしまいました……。俺の脳裏に「はっはっはっ」とこの場の事情も知らず朗らかに笑う、グレモリー現当主ジオティクス・グレモリーさまのお顔が浮かぶ。

こりゃ、会話が続けば続くだけ、複雑な家庭環境が深まるだけだぞ。どこかで俺が会話に介入して、中断させせないといけないかも……。

なんてふうに思慮していたら、この場にロスヴァイセさんが歩み寄ってきた。ルガールさんとの連係訓練はひと段落ついたのだろう。

ロスヴァイセさんがライザーに話しかける。

「ライザー・フェニックスさん。ちょうど良かったです」

「ん？　俺に何か用があると？」

ロスヴァイセさん、ライザーを確認してここに来たのか。

ロスヴァイセさんがライザーの言葉にうなずき、会話を続ける。

「ええ、あなたがヴィーザルさまのチームと戦ったとき、ヴィーザルさまに放ったあの炎……あれについてお伺いしたくて」

ロスヴァイセさんのその一言を聞いて、俺は映像で見たそのときの様子が脳裏に蘇《よみがえ》る。

聖獣フェニックス、悪魔としてのフェニックスことフェネクス（ルヴァルさんとライザー）が同時に凄《すさ》まじい炎を巻き起こし、そこにエジプト神話の霊鳥ベンヌが神々《こうごう》しいオーラを加えたことにより、見たこともない七色に輝く火炎が生じた。

それを北欧の現主神であるヴィーザルさんや、相手チームの『王《キング》』テュポーンはまともに浴びてしまった。

大きなダメージを両者に与えたものの……五大龍王《ごだいりゅうおう》の一角であるミドガルズオルムの鎧《よろい》を着たヴィーザルさんと、魔物の王であるテュポーンの凄まじいオーラの波動によって、聖魔のフェニックスが生みだした火炎をかき消されてしまった。

「ああ、アレか……。何かマズいことでも起きたか?」

ライザーがロスヴァイセさんにそう問う。

ロスヴァイセさんが難しい表情で返す。

「本国……私の故郷、アースガルズの国より私宛てに『火傷《やけど》を癒やす魔法はないか?』と連絡が来まして……。ヴィーザルさまの受けた火傷がまったく治らないとのことです」

――っ!

マジか! あの七色の火炎を受けたヴィーザルさんはその後も火傷のダメージが……。

ライザーが腕を組みながら、俺のほうに視線を向けつつ言う。

「あれは……赤龍帝《せきりゅうてい》本人がいる前で言うのも恥ずかしいところなんだが、伝承にある『燚焱《いつえき》の炎火《えんか》』を不死鳥たるフェニックスの炎でやれたらすごいかもしれないと、長兄のルヴァル・フェニックスと意見が一致してな。研究に研究を重ねて、聖獣のフェニックスと不死の霊鳥ベンヌとの合体技で完成したわけだ。――『王たちの戯れ』チームとの試合直前にな」

ドライグの消えない炎のブレス――『燚焱《いっえき》の炎火《えんか》』をヒントに開発した技だったのか。

「もしかして、ぶっつけ本番であれを？」

俺がそう訊《き》くと、恥ずかしそうにライザーが言う。

「そうだ。そのせいか、炎によるダメージのほかにどのような効果を相手に与えるか、ろくに調べられなかった。……そうか、北欧の現主神ですら癒えない火傷を与えたということか」

ぶっつけ本番ゆえに効果がわからずじまい……。ヴィーザルさん――神でも癒えないダメージを与えた……。『燚焱《いっえき》の炎火《えんか》』とはまた違う恐ろしい炎を開発してしまったということになるのかな。

もしかしたら、ヴィーザルさんと共にフェニックスの合体炎技を食らっていたテュポーンのほうも火傷が癒えてないかも。

ロスヴァイセさんはライザーからの情報を聞き、ふむふむと一人考え込む。

「……赤龍帝の消えない炎である『燚焱《いっえき》の炎火《えんか》』を模した技は、神ですら癒えない火傷を相手に与えた……」

ロスヴァイセさんがライザーにあらためて問う。

「専用の攻撃魔方陣や魔力操作があるのでしたら、詳しく教えていただいてもよろしいでしょうか？」

「ああ、聖獣フェニックスや霊鳥ベンヌにも問い合わせてみるか」

「では、あちらで詳しく」

ロスヴァイセさんがトレーニング空間の一角に設けてある休憩用のテーブルと椅子のほうを指さして言った。

ライザーも「わかった」と了解したようで、二人はテーブルのほうに歩いていってしまった。

……ヴィーザルさんたち、ライザーのチームに勝ったものの、次の試合までにダメージは抜けるのだろうか。それ以前に主神がケガを負ったままっていうのもマズいよな。

ロスヴァイセさんとライザーを見送った俺は、リアスのことを気にしつつも、とある者の特訓の動向が気がかりだったので、その子のオーラが感じられる方角へ、ドラゴンの翼を背中から生やしてこの場から飛び出していった――。

そこでは、雷光、猛火、光力の槍《やり》、オーラをまとった強烈な蹴りが飛び交っていた。

それらを受けるのは——イングヴィルドだ。

朱乃《あけの》さんの放つ雷光、レイヴェルの炎の翼から撃ち込まれる複数の火炎球、リントさんが投げる光力の槍、仁村《にむら》さんのオーラキック。

イングヴィルドは彼女たちの攻撃を防御型魔方陣で防ぐ。ただの防御型魔方陣ではない。彼女が持つ膨大なオーラで構築して幾層にも重ねた防御型魔方陣だ。

攻撃の魔力が成長しつつあるなかで、次に不安なのはイングヴィルドの防御面だった。

そのため、最近のトレーニングでは防御型魔方陣の構築も強化している。

「うんうん、その調子よ。イングヴィルドさん」

横でアドバイスするのはロイガンさんだった。ロイガンさんは今回の特訓では魔力操作のアドバイザーとして、イングヴィルドに付きっきりとなってくれていた。

……イングヴィルドは豊富なオーラを複数の分厚い防御型魔方陣にして、単純に重ねているだけだが……それでも朱乃さんたちの攻撃を防ぐとはな……。

朱乃さんやレイヴェルたちが本気の本気ではないけれど……だとしても、この防御型の魔方陣ならちょっとやそっとの攻撃ではびくともしないだろう。

「あら、イッセーくん」

俺がこの場に馳《は》せ参《さん》じたことを朱乃さんが気づき、皆もこちらに振り返った。

俺が問う。

「イングヴィルドはどうかな？」

レイヴェルが額の汗を手で拭いながら言う。

「もう何度かこの手の練習をすれば、相当な攻撃でも防げるようになれるとは思いますわ」

これに朱乃さんが続く。

「いまは単純に分厚い魔方陣ですけれど、この調子でしたらある程度の小回りの利《き》く防御手段も覚えられるはずですわ」

うちのマネージャーと朱乃さんのお墨付きか。

ロイガンさんが言う。

「各種属性の力も、得意である水属性をはじめ、そつなく強まっているわ。技術的な研鑽《けんさん》はこれからとしても、膨大なオーラのおかげで攻撃面は物量勝負できるのがやはり強みね」

なるほど。さすがの才能ってことだな。イングヴィルド本人は立ったまま睡魔と戦いつつ、頭を振って眠気を飛ばしているけど……。

あとは時間しだい、ということかな。これならギリギリ間に合うだろうか？

俺的にはイングヴィルドを次の――。

などと思慮している俺だったが、そこに唐突な訪問者がいた。

「この子、確か初代レヴィアタンさまの子孫なのよね？　人間の血も引いているようだけれど」

――っ。

初代さまだった！　あらら！　さっきまでリアスの特訓に付き合っていたのに！　俺のあとをついてきたのかな？　リアスは来ていないようだけど……まだ謎のトレーニングをしているところだろうか。

初代さまの問いにレイヴェルがうなずく。

「はい、そうです」

初代さまがイングヴィルドに歩み寄り、じろじろと観察し始める。

「魔王レヴィアタンさまの力をどれぐらい受け継いでいるのかしら。レヴィアタンの特性『掉尾《とうび》の海蛇龍《かいじゃりゅう》』っぽいのは使えたりする？」

「……いいえ」

初代さまの問いかけに首を横に振るイングヴィルド。

初代さまはあごに指を添えながら言う。

「初代四大魔王の固有の特性……レヴィアタンさまの『掉尾《とうび》の海蛇龍』、アスモデウスさまの『星与刻《せいよのとき》』、ベルゼブブさまの『蠅の王《はえ》』、そしてルシファーさまの『悪光魔耀《あっこうまよう》』──。旧魔王派にいたという子孫の方々もこれらの力の発現はまばらだったのでしょう？」

初代四大魔王の固有の特性か……。俺が戦ったことのあるシャルバ・ベルゼブブはそれっぽいのを使っていたように思う。

「……まあ、リゼヴィム王子は自身だけの力を発現していたけれど」

初代さまはそう付け加えた。

リゼヴィムの『神器無効化《セイクリッド・ギア・キャンセラー》』のことだろう。あれは……凶悪な力だった。

初代さまは「うーん……」としばし考え込んだのちにイングヴィルドに指をさしながら、俺たちに向けて、こう述べられた。

「もしかしたら、その子の力をちょっとは引き出せるかもしれないわ」

『──ッ!?』

驚愕《きょうがく》するこの場の面子《めんつ》！

当然だ！　いきなり、イングヴィルドの力を引き出せると言われれば驚きもする！

初代さまが言う。

「大昔にね、同じ古い悪魔女子繋《つな》がりでレヴィアタンさまと……この時代で言う女子会みたいなものをしたことがあったのよね。遠い子孫ができたときのために自分の力について記述した碑文とか石版を作ったとか、お酒に酔って言っていたような……」

じょ、女子会……。大昔もそういうのあったんだな……。

「それっぽいもの、現政府は管理していないのかしら？　先の内戦で接収していてもおかしくないのよね」

初代さまがそう言うと、朱乃さんとレイヴェルが「少々お待ちを」と手元に小型魔方陣を展開して、情報を探り出した。

五分ほど経《た》ったのちに両者ともに「見つかりませんでした……」と首を横に振った。

初代さまはしばし考えたのちにこう述べられた。

「じゃあ、たぶん、バアル家にあるわ。あそこなら秘密裏に回収しててもおかしくないし」

……あー、バアル家か。あの初代バアルなら、サイラオーグさんも知らぬところで所有していてもおかしくないのかも。

——となると、どうバアル家に訊けばいいのか？　ということになる。

俺も難しい表情となり、腕を組んで言う。

「……どうしたもんか。あるなら見せてくれ、で見せてくれるならいいけどさ。サイラオーグさん経由でも難しいかな。なんなら、チーム『D×D《ディーディー》』の名目でもダメか」

レイヴェルも悩みながら言う。

「前魔王の遺品ということで、訊《たず》ねる内容も内容ですけれど……。時期もよろしくないかもしれませんわ。一応、バアル家もレーティングゲームの大会に参加されてますし——」

あー、トーナメントでは俺たちのチームと同じ山だもんな。同じチーム『D×D《ディーディー》』のメンバーとはいえ、大会では敵同士だし、ちょいと立場上は面倒ってことか。

「内容と時期を考えると、ただでは許可を頂けそうにはないですわね」

朱乃さんもあごに手を添えながら、そう述べた。

見せたくないものなら、「そんなものはない」とか「あるけど、見せられない」とか言われるだろうし、「現在、バアルチームは秘密の特訓中。大会では敵同士であるため、そちらからの接触は不可」なんてふうに同じ本戦進出チームということを理由にされて、断られる可能性もある。あるいは単純に所有していないか。

サイラオーグさんなら快く見せてくれるだろうけど、ものがものな以上、初代バアルも関わっているだろうから、サイラオーグさんの意思だけではどうにもならないかもな。

『うーん……』

皆でうなって考え込む。イングヴィルドは首を傾《かし》げて「?」と疑問符を浮かべていたが……。

――と、そんなときに初代グレモリーさまが俺たちに訊《き》いてくる。

「バアル? 初代というと、ゼクラムのこと?」

「え、ええ、はい」

俺がそう答えると――初代さまはイタズラっぽい笑みを浮かべる。

「うっふふ♪ よーし、そこは初代グレモリーにお任せあれってね」

「……対策があるのですか?」

レイヴェルがそう訊くと、初代さまは自信ありげにウインクする。

「任せて♪」

おおっ、マジか! 古《いにしえ》の時代から生きている悪魔同士、初代バアル相手に何か打開策があるということか!

その初代さまがイングヴィルドに訊く。

「イングヴィルド……ちゃん、と呼ぶわね。イングヴィルドちゃん、どうする? 初代レヴィアタンさまの遺品、見られるなら見てみたい? もしかしたら、いまのあなたではなくなる可能性もあるわ。相応の覚悟は必要になるかも」

真剣な問いかけだった。それは彼女の『王《キング》』である俺、マネージャーのレイヴェルにも投げかけられているものだろう。

イングヴィルドが、俺に視線を向ける。

俺はうなずく。キミが決めていい、と――。

イングヴィルドは強い眼差《まなざ》しで告げる。

「……私、皆の……イッセーの力になりたい。目覚めてから、ずっと私にやさしくしてくれている眷属《けんぞく》の皆や兵藤《ひょうどう》家のヒトたち、お世話になっているヒトたちを守れる力が私にあるのなら……もっと強くなりたい。それに――」

イングヴィルドは俺とレイヴェルに言う。

「私、レーティングゲームでイッセーたちの『女王《クイーン》』として、一緒に戦いたい……かなって。この力が役に立つなら……」

イングヴィルドの姿が、ふと高校2年生のとき、悪魔に成り立ての頃、リアスのためにがむしゃらに戦った俺と重なった――。

……経験も魔力も力もオーラも頭も足りなかった頃の俺。それでも、自分にあるものを全力で使って、リアスのために、仲間のために駆け抜けたよな。

イングヴィルドは、悪魔の仕事も、悪魔としての勉強も、強くなるための特訓も、一生懸命やっている。類い希《まれ》な才能を持っているのに、それでもなお、仲間たちのためにがんばっている。

俺はレイヴェルに視線を送る。俺のマネージャーもうなずいていた。

それを確認した俺は、笑みを浮かべてイングヴィルドに言った。

「わかったよ、イングヴィルド」

初代さまに俺は告げる。

「力を貸してください」

俺の答えに初代グレモリーさま――ルネアス・グレモリーさまは満足そうな笑みを浮かべていた。

「ええ、いいわよ。我がグレモリーの系譜の子たち。私に任せなさい」

こうして、俺たちはバアル家の城へと向かうことになる。

―○●○―

俺、レイヴェル、リアス（例の特訓を切り上げた）、朱乃《あけの》さん、イングヴィルド、そして初代さまは、一旦トレーニング空間を抜けて、グレモリー城に向かい、身支度をしてから、バアル家にアポを取った。汗だらけのジャージ姿では失礼だからね。

というわけで、サイラオーグさん経由のアポ取りだ。

それはすぐに取れたため、俺たちはバアル城へと魔方陣でジャンプする。

グレモリー城以上に大きく豪勢な造りのお城で迎えてくれたのはサイラオーグさんだった。

「リアスに兵藤一誠《いっせい》、それに皆も。わざわざバアル家まで来てくれるとはな。それで用とは――」

ふとサイラオーグさんの視線が初代さまに移る。面識がないからだ。

さて、どう切り抜けるか俺とリアスが困るなかで、サイラオーグさんが問う。

「むっ。紅髪……見知らぬ女性だが、グレモリーの者だな?」

「えーと、この――」

リアスが初代さまを紹介する前に――初代さまが一歩前に出て、こう告げられた。

「私、ネアス・グレモリーといいます。リアスお姉さまの……母違いの妹です」

――っ！

……………や、やりやがった！　またその紹介をするんですか⁉　ライザーのときのことを知らないリアスは、目玉が飛び出そうなほどにビックリ仰天していた！

サイラオーグさんも別の意味で驚いている様子だった。

「なんと！　ということは叔父上の――」

「はい。ジオティクスお父さまの……二番目の女性の娘です」

それを知り、沈痛な面持ちのサイラオーグさん！

とんでもない誤解がサイラオーグさんを襲う！

絞り出すようにサイラオーグさんが言う。

「…………………叔父上にも事情があったのだろう。悪魔の貴族ではよくある話だ。リアス、ネアス、二人とも色々と思うこともあっただろう。察するぞ」

リアスのお父さんが、知らないうちにどんどん色んなヒトに誤解を受けている……。

リアスも初代さまの手前、なかなか言い訳もしづらく……。

「…………ええ、察して。あと、後日言い訳もさせて」

「ああ、リアスよ。いとこととして、仲間として、いつでも相談に乗ろう。一人で抱えるのはよくないからな」

「そうね……一人ではどうにもならないことってあるものね……」

そう返すしかないリアスだった。

「…………っっ！」

これを見ていた朱乃さんは笑いを堪《こら》えていた。朱乃さん、リアスのこういうかわいい困惑姿を見るの好きだよね。

初代さまことネアス・グレモリーが可愛《かわい》げのある声音でサイラオーグさんに言う。

「それでサイラオーグお従兄《にい》さま」

その呼び方にサイラオーグさんは衝撃を受けた表情となっていた。

「──お従兄《にい》さま」

「…………失礼だったでしょうか？」

怪訝《けげん》そうにうかがう初代さま。

サイラオーグさんはコホンと咳払《せきばら》いしてただす。

「い、いや。これまで妹的な存在は初めてだったものだからな。リアスは妹というより、血縁者の女性という側面が強かったのでな。そ、そうか、お従兄《にい》さま、か。……悪くないかもしれんな」

顔を少しだけ赤く染めて、頬をかくサイラオーグさん！

サイラオーグさんが──獅子王《ししおう》が妹萌《も》えになっているうううっ！

間髪を容《い》れずに初代さまは可愛い声のまま、こう述べられていく。

「私たち、初代バアルさまにお会いしたくこの場に参じました。……お会いすることはできるでしょうか?」

上目遣いの初代さま。

妹的存在に当惑するサイラオーグさんは答える。

「初代さまか。ちょうどこの城に用があるようで、いらっしゃるにはいらっしゃるのだが……ふむ」

畳み掛けるように初代グレモリーさまは言う。

「サイラオーグお従兄《にい》さま、初代バアルさまに『あなたのアイドル、グレモリー中のグレモリーが来ちゃったぞ。てへっ♪』ってお伝えしてくだされば、すぐに先方もご理解してくれると思います。大変失礼な内容だとは思うのですが……絶対にわかってくれると思うのです、サイラオーグお従兄《にい》さま。サイラオーグお従兄《にい》さまのお力、お貸しください」

ぐいぐいと迫ってくる初代さまに負けて、サイラオーグさんは「わ、わかった。訊いてみよう」と答えた。

サイラオーグさん、最後のほうは妹萌えというよりは初代さまの謎の迫力に圧《お》された感じだった……。

初代さまがこちらに振り返り、ウインクとVサインをする。

「ふふっ、やはり、あの子孫くんもバアルね。これが利《き》くのよ。リアスちゃん、これ覚えておいてね」

ため息しか出ないリアス。

こんな調子での初代バアルへのアポ取りだったが……なんと、通ってしまう。

俺たちは初代バアルことゼクラム・バアルがいるという城の図書室まで、バアル家の執事さんに案内してもらうことになる。


俺たちが案内されたのは、人間界の一般的な図書館よりも広々としていて、奥も見えないほどのバアル城の図書室だった。天井も驚くほどに高い。数え切れないほどの本棚とそこに収まる無数の本があった。背の高い本棚には階段状の梯子《はしご》が一定の間隔で備え付けてあった。

執事さんについていくこと数分――。

「ごきげんよう、諸君」

上から声がするので見上げると――威厳のある雰囲気を全身から放つ、初老の男性が梯子の上で本を開いていた。

初代バアル家当主ことゼクラム・バアル――。

サイラオーグさんと同じ紫色の双眸《そうぼう》が、俺たちを捉えている。視線を少しずらし、珍しい者を見るように初代グレモリーさまを視認した。

初代バアルは執事に下がるよう目線を配った。執事が一礼してこの場から去る。

人払いが済んだところで初代バアルが本を閉じて、ため息を吐《つ》く。

「…………ふぅ…………」

その反応に初代グレモリーさまは不満げに片眉をつり上げた。

腰に手をやり堂々と言う。

「ちょっと、ゼクラムゥ。せっかく、あなたのアイドルが会いに来たっていうのにぃ。ごあいさつじゃない？」

「変わらぬな、ルネアス」

「変わらないために寝たり起きたりをしているの。ま、この時代に起きて正解かも。色々と面白いことになってるし」

「……これも定めかもしれないな」

「『これも定めかもしれないな』……じゃないわよ。むかしっから威張りんぼうね」

初代バアルの真似《まね》をしながら、初代グレモリーさまはそう言い放った。

途端にイタズラっぽい笑みを浮かべて、初代グレモリーさまは言う。

「ほらほら、あなたの秘密を打ち明けられたくなかったら――」

言いかけの初代グレモリーさまを無視して、初代バアルは手元に小型魔方陣を展開させた。

そこには深い青色の板のようなものが出現した。学校で使う一般的なノートぐらいの大きさと厚さだ。

初代バアルはそれをオーラで覆うと宙を漂わせて、レイヴェルのほうに送る。

レイヴェルが青色の板を両手でキャッチするとオーラも消えた。

初代バアルが言う。

「――それを貸そう。ただし、あとで結果の報告はしてもらう」

イングヴィルドの『王《キング》』である俺とマネージャーのレイヴェル、イングヴィルドにそう告げてくる。特にイングヴィルドをじっと見て何かを思慮されていた。

　――と、初代バアルの視線が再び初代グレモリーさまのほうに移った。

「それでいいかな、ルネアス?」

「ええ、それでいいわ。ていうか、やっぱり、持ってたわね。こういうの抜け目がないものね、あなたは」

にんまりと笑みを見せる初代グレモリーさま。

「いつもの私ならば年寄りの小言をひとつ聞かせてから、許可を出すところだが——懐《なつ》かしいアイドルとやらに会えた。今日は止《や》めておこう」

初代バアルはそう言った。

気になったのか、初代グレモリーさまが訊《き》く。

「ところでゼクラム。バアル家現当主の城の図書室に籠もっているなんて、何事？」

「バアル家が所蔵する本をデータ化している最中なのだ。その選別中だ」

「あー、タブレットPCで本を読むと便利だものね」

「時代の波だ。紙の書物もいいが、このような時勢だ。貴重な本が燃えてしまっては元も子もない。たとえ異能や意思を持つ魔本でも燃えるときは燃える。せめて内容だけでも写したほうがよかろう。データ化はグレモリーもやっているのだろう？」

そうリアスが訊かれて、「はい」と答えた。

初代バアルが、レイヴェルの手元に行った青色の板を見て言う。

「案外、硬い石で出来たもののほうが遠い後の世に残るやもしれない、か」

初代グレモリーさまがふいにポケットから何かを取り出して、初代バアルのほうに放った。

見れば——袋に包まれたパイ菓子の『きゅんパイ』だった。

初代バアルはそれをうまくキャッチする。

初代グレモリーさまが言う。

「お礼よ」

「これは菓子か？」

「──『きゅんパイ』。美味《おい》しいのよ、これが」

「ふむ、『きゅんパイ』か」

なんとも言えない初代バアルと初代グレモリーさまのそのようなやり取りもありつつ、件《くだん》の初代レヴィアタンの遺品となる青い板を入手した俺たちだった。

後日、バアル家から『きゅんパイ』の発注があったことは、いまは置いておこう。

初代グレモリーさまが意気揚々と言う。

「よーし、皆の衆。トレーニング空間に戻って、試してみようぞ！」

……この一連の流れを一番楽しんでいるのはこのお方だよね、絶対に。

そんなふうに思いながら、俺たちはトレーニング空間に戻る。

トレーニング空間にて、皆が見守るなかでイングヴィルドが初代バアルから貸してもらった初代レヴィアタンの遺品である板を触っていた。

目を閉じて、精神を落ち着かせる。意識を青い板に向けた。

しかし、板は反応しなかった——。

「……ダメ。何も感じられない」

イングヴィルドがそう述べる。

初代さまがこうアドバイスする。

「では、こうしましょう。あなたが理解できそうな言語や……フレーズ、音でもいいわ。それを頭に浮かべて、文字や言葉ではなく、感覚で触れてみて」

初代さまの助言を受けて、イングヴィルドが再び青い板に触れる。

少しして、イングヴィルドが——何かを口ずさみだした。

「…………。——————♪」

それは……歌だ。彼女が得意な歌。澄んだキレイな歌声が周囲に響き渡る。

ドラゴンに影響のある神器《セイクリッド・ギア》での歌声ではなく、魔力を帯びた歌声だ。

初代さまが言う。

「なるほど、レヴィアタンさまの遺《のこ》された何かを歌として理解しようとしているのね」

イングヴィルドは全身から淡い薄紫色のオーラを滲《にじ》み出《だ》させていく。それに反応して、青い板が——紫色に発光し出した。

――っ！

遺品の板が反応した！　しかも、板に悪魔の文字と紋様が浮かび上がる！

「――――♪　――――♪」

イングヴィルドは聴いたことのない歌を歌い続ける。それと同時に彼女のオーラが高まり、しだいに膨らんでいき、イングヴィルドの周囲に徐々にオーラで作りだされた水が集まっていく。

大量の水がイングヴィルドの歌に反応して、螺旋《らせん》状に上空に巻き上がっていった。

それはとどまることを知らず、どんどん上空の水属性のオーラが集い、巨大で強大な何かを形成していく。

その光景を見守る俺たち。レイヴェルが上空を見上げながら言う。

「私が抱いていた懸念《けねん》のひとつが、次の試合でのフィールドが水気のまったくない場所だったら、イングヴィルドさまはどこまで力を発揮できるのか？　というものでした」

そう述べるレイヴェルと共に俺は――歌い続けるイングヴィルドの真上に生み出されていくものを見て、驚くしかなかった。

――上空に、蛇のように胴の長い水の魔力で作られたドラゴンが浮かぶ。その大きさはゆうに百メートルは超えていた。

しかもまだまだ大きくなるし、新たな水のドラゴンも生み出されていく。

レイヴェルが驚きながら言う。

「……これを見せられてしまったら、その心配も吹き飛んでしまいそうですわ」

俺はレイヴェルに言った。

「いまだに問題だらけの俺が言うのもなんだけど、俺たちって意外性と爆発力が持ち味のひとつな気もするから、次の試合、イングヴィルドにやってもらおうぜ」

隣に立つレイヴェルは笑みを見せて答える。

「はい、私の『王《キング》』のご意志にお従いします」

いまだ成長を続ける水属性のドラゴンを見つつ、初代さまが「うーん」と背伸びをされる。

「さーて。今回の私のお役目はこれでいいかしらね。——あとは、がんばりなさい。私《グレモリー》の愛《いと》しい子供たち」

そう言うなり、初代さまはこの場をあとにしようとした。——と、何かを思い出したようでリアスに告げる。

「あ、リアスちゃん。後日、私のところに来なさいな。今回の件で、色々とわかったこともあったから、さらに稽古をつけてあげちゃう。始祖のグレモリーが付き合うことで、次期当主のグレモリーが強くなれたら素敵よね」

「――っ⁉　……はい、お願いします。初代グレモリー、ルネアスさま」

元気よくそう返すリアス。

あれやこれやとフリーダムな初代グレモリーさまだけど、結果的に俺たちも前に進めたと思う。

ただ――。

……グレモリー現当主さまに降りかかった誤解はどうしたものか。

「リアスの妹は息災か？」

「あの娘《こ》はどうした？　また会ってみたいのだが」

サイラオーグさんとライザーへの誤解の解き方について、俺は苦慮するしかなかった。

あとがき

お久しぶりです。石踏一榮《いしぶみいちえい》です。

また一年もお待たせしてしまいまして、まことに申し訳ございませんでした。前回お伝えしたようにずっと病気の治療と療養をしておりました。ただ、去年の夏頃から少しだけ回復したこともあり、今回の書き下ろし含め、ドラゴンマガジンでの短編掲載等で復帰ということになりました。

まだ治療中ではありますが、体調を崩さないペースでこのまま新刊を執筆していけたらと思っております。引き続き、応援をしていただけましたら幸いです。

さて、今回初代グレモリーことルネアスさまを登場させました。初代バアルであるゼクラムが現代まで生き残っているので、初代グレモリーもいていいよなって具合に執筆したしだいです。紅髪のグレモリー娘が珍しいこともあって、リアスとはまた違う性格にしてみました。ビジュアルも含めて良いキャラになったかなと。人気が出たらうれしいです。

今後も短編や長編にちょい役等で初代さまを登場させていけたらと思います。

初代グレモリーさまが出てこないエピソード6編は、アニメ版ハイスクールD×D第1シリーズのBlu-rayとDVDに特典として付属していた小説です。最初のアニメ放送がちょうど10年前なので、この原稿自体も10年前ということもあり、内容を若干忘れておりまして、「こういう話、書いてたんだな……」と今回感慨深くなりました。リアスがラクダを苦手なエピソードを掘り下げたのは、今回の一篇が最初……だったように思います（10年前の特典小説の原稿ゆえ記憶違いでしたら、ごめんなさい）。全体的に珍しいエピソードが多かったのではないでしょうか。今回収録できて良かったです。

書き下ろしは真D×D5巻の前日譚《たん》的なお話になりました。ビナー・レスザンことグレイフィアが抜けたチームの『女王《クィーン》』枠をどうするのか？　という内容でイングヴィルドの変化と成長にスポットを当て、そこに絡《から》むフリーダムな初代さま、というお話でした。

ここで謝辞を。みやま零《ぜろ》さま、担当Tさま、今巻も多大なご迷惑をおかけしまして、まことに申し訳ございませんでした。ご支援のほど、本当にありがとうございます。

次はSLASHDØGの新刊である4巻をご用意できたらと思います。さらにその次に真D×D5巻を出していこうと思っています。

初出
Life.1　OPPAI・FAMILY
ドラゴンマガジン　２０２２年１月号
Life.2　ラクダ嫌いのグレモリー
ハイスクールＤ×Ｄ　vol.1　妄想マガジン☆夜の設定資料集
Life.3　かしましペダル
ハイスクールＤ×Ｄ　vol.2　妄想マガジン☆夜の設定資料集
Life.4　賽銭箱奇譚
ハイスクールＤ×Ｄ　vol.3　妄想マガジン☆夜の設定資料集
Life.5　夢のタッグバトル・ガールズ
ハイスクールＤ×Ｄ　vol.4　妄想マガジン☆夜の設定資料集
Life.6　ザトゥージの逆襲
ハイスクールＤ×Ｄ　vol.5　妄想マガジン☆夜の設定資料集
Life.7　今週、彼が浮気します？
ハイスクールＤ×Ｄ　vol.6　妄想マガジン☆夜の設定資料集
Life.Extra　ご先祖さまはトリックスター⁉
書き下ろし

富士見ファンタジア文庫

ハイスクールD×D DX.7

ご先祖さまはトリックスター!?

令和4年3月20日　初版発行
令和4年6月10日　再版発行

著者――石踏一榮《いしぶみいちえい》

発行者――青柳昌行

発　行――株式会社KADOKAWA
〒102-8177
東京都千代田区富士見2-13-3
0570-002-301（ナビダイヤル）

印刷所――株式会社暁印刷

製本所――本間製本株式会社

ISBN978-4-04-074481-0 C0193 ◇◇◇

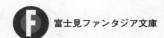

これは世界を救う
久遠崎彩禍。三〇〇時間に一度、滅亡の危機を迎える世界を救い続けてきた最強の魔女。そして──玖珂無色に身体と力を引き継ぎ、死んでしまった初恋の少女。
無色は彩禍として誰にもバレないよう学園に通うことになるのだが……油断すると男性に戻ってしまうため、女性からのキスが必要不可欠で!?
シン世代ボーイ・ミーツ・ガール!
1
王様のプロポーズ
King Propose
橘公司
Koushi Tachibana
[イラスト]──つなこ

最強の初恋
シリーズ
好評発売中！
F ファンタジア文庫

この少年
すべてが
天上優夜《てんじょうゆうや》
異世界で
レベルアップした結果、
最強の身体能力を
手に入れた少年
シリーズ好評発売中！

I got a cheat ability in a different world, and became extraordinary even in the real world.

チートすぎる

異世界でチート能力《スキル》を手にした俺は、現実世界をも無双する

～レベルアップは人生を変えた～

著：美紅
イラスト：桑島黎音

幼い頃から酷い虐めを受けてきた少年が開いたのは『異世界への扉』だった！ 初めて異世界を訪れた者として、チート級の能力を手にした彼は、レベルアップを重ね……最強の身体能力を持った完全無欠な少年へと生まれ変わった！ 彼は、2つの世界を行き来できる扉を通して、現実世界にも旋風を巻き起こし——!? 異世界×現実世界。レベルアップした少年は2つの世界を無双する！

ファンタジア文庫

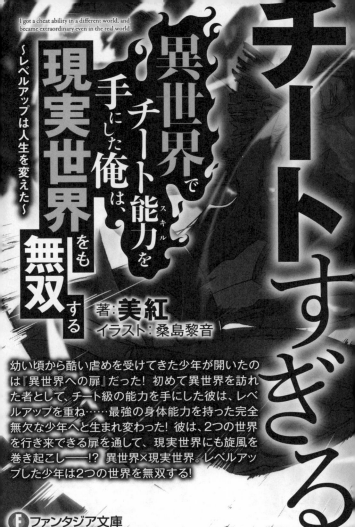

学校……じろじろ見ないで
【朗報】
俺の許嫁になった地味子、家では可愛いしかない。
秘密の結婚生活《ラブコメ》！

ファンタジア文庫
甘えていい？
家
著者：氷高悠
イラスト：たん旦
親同士の約束で俺に嫁（3次元）ができた!?
相手は地味で目立たない同級生・綿苗結花。
「最近の推しは誰ですか!?」「遊くん…って呼んでもいい？」
趣味もピッタリ、意気投合。
しかも、慣れたら学校では想像できないほど大胆に！
彼女の素顔と、2人だけの生活は可愛さしかない!?
クラスのあの子と

騙しあい。

各国がスパイによる戦争を繰り広げる世界。任務成功率100%、しかし性格に難ありの凄腕スパイ・クラウスは、死亡率九割を超える任務に、何故か未熟な7人の少女たちを招集するのだが——。

シリーズ
好評発売中!

ファンタジア文庫

世界最強の
“不可能任務”に挑む少女たちの
痛快スパイファンタジー！
スパイ教室
竹町
illustration
トマリ

その男、
アード
元・最強の《魔王》さま。その強さ故に孤独となってしまった。只の村人に転生し、友だちを求めることになるのだが……？
ジニー
いじめられっ子のサキュバス。救世主のように助けてくれたアードのことを慕い、彼のハーレムを作ると宣言して!?
イリーナ
正義感あふれるエルフの少女（ちょっと負けず嫌い）。友達一号のアードを、いつも子犬のように追いかけている
神話に名を刻む史上最強の大魔王、ヴァルヴァトス。
王としての人生をやり尽くした彼は、平凡な人生に憧れ、
数千年後、村人・アードへと転生するのだが……
魔法の力が劣化した現代では、手加減しても、アードは規格外極まる存在で!?　噂は広まり、嫁にしてほしいと言い寄ってくる女、次代の王へと担ぎ上げようとする王族、果ては命を狙う元配下が学園に押し掛けてくるのだが、
そんな連中を一蹴し、大魔王は己の道を邁進する……！

ファンタジア文庫
すべてを蹂躙《じゅうりん》する。
史上最強の大魔王、村人Aに転生する
The Greatest Maou Is Reborned To Get Friends
下等妙人
イラスト／水野早桜
シリーズ好評発売中!